HERÓIS
DA MITOLOGIA
GREGA

HERÓIS DA MITOLOGIA GREGA

histórias para jovens leitores

CHARLES KINGSLEY

TRADUÇÃO
Carolina Itimura de Camargo

Faro Editorial

Diretor editorial **PEDRO ALMEIDA**
Coordenação editorial **CARLA SACRATO**
Assessoria editorial **RENATA ALVES**
Tradução **CAROLINA ITIMURA DE CAMARGO**
Preparação **FERNANDA FRANÇA**
Revisão **LETÍCIA TEÓFILO E 3GB CONSULTING**
Projeto gráfico **DIMITRY UZIEL**
Imagem de capa © **LANMAS / ALAMY STOCK PHOTO**
Imagem de miolo (aberturas) © **SHUTTERSTOCK**
Imagem de miolo (textos) © **MAUD HUNT SQUIRE (1901)**

Dados Internacionais de Catalogação na Publicação (CIP)
Jéssica de Oliveira Molinari CRB-8/9852

Kingsley, Charles, 1819-1875
Heróis da mitologia grega : histórias para jovens leitores / Charles Kigsley ; tradução de Carolina Itimura de Camargo. -— São Paulo : Faro Editorial, 2023.
192 p. ; il

ISBN 978-65-5957-357-8
Título original: The Heroes, or Greek Fairy Tales for my Children

1. Mitologia grega - Literatura infantojuvenil I. Título II. Camargo, Carolina Itimura de

23-1698 CDD 808.899282

Índice para catálogo sistemático:
1. Mitologia grega - Literatura infantojuvenil

1ª edição brasileira: 2023
Direitos de edição em língua portuguesa, para o Brasil, adquiridos por FARO EDITORIAL

Avenida Andrômeda, 885 – Sala 310
Alphaville – Barueri – SP – Brasil
CEP: 06473-000
www.faroeditorial.com.br

SUMÁRIO

PREFÁCIO

MINHAS QUERIDAS CRIANÇAS,

Alguns de vocês já ouviram falar dos gregos antigos; e todos vocês, ao crescerem, ouvirão falar deles cada vez mais. Alguns meninos e meninas passarão bastante tempo lendo livros gregos, talvez, ao passo que outros, embora não aprendam grego, terão contato com inúmeros contos retirados da história grega, e certamente verão – todos os dias, eu diria – coisas que não existiriam não fosse pelos gregos antigos. Eles deixaram sua marca no mundo moderno em que vivemos de uma forma tão peculiar que mal se pode encontrar bons livros que não contenham nomes, palavras e provérbios gregos; não se pode caminhar pela cidade grande sem passar por prédios gregos; não se pode adentrar uma sala bem decorada sem ver estátuas e ornamentos gregos, ou mesmo padrões gregos de mobília e papel. E vocês, ao crescerem e lerem cada vez mais, descobrirão que devemos muito a eles, que foram pioneiros de toda a matemática e geometria (a ciência e o conhecimento dos números, do formato das coisas e das forças que fazem as coisas se moverem ou ficarem paradas); precursores da geografia e astronomia; e das leis, liberdade e política (a ciência de como governamos um país e o tornamos pacífico e forte). Além disso, devemos a eles a criação da lógica (o estudo das palavras e do discurso) e da metafísica (o estudo de nossos próprios pensamentos e almas). Por fim, eles tornaram sua língua tão bela que os estrangeiros a utilizavam no lugar de seus próprios idiomas; e ao final o grego se tornou a língua comum das pessoas cultas por todo o mundo antigo, da Pérsia e Egito até o Reino Unido e Espanha. Dessa forma, em razão de ter sido escrito em grego, o Novo Testamento podia ser lido e compreendido por todas as nações do Império Romano, razão pela qual devemos mais aos gregos antigos do que a qualquer outro povo na Terra; assim como aos judeus, que nos deram a Bíblia.

Devemos nos lembrar de um detalhe: "gregos" não era o nome verdadeiro desse povo. Eles sempre se referiam a si próprios como "helenos", mas os romanos os chamavam de gregos, de maneira equivocada, e nós adotamos dos romanos esse nome incorreto – tomaria muito tempo para explicar o porquê. Os gregos eram um povo constituído de muitas tribos, e divididos em vários Estados menores. Logo, neste livro, ao ouvirem dos minoicos, atenienses e outros nomes do tipo, é preciso se lembrar de que eram tribos e povos diferentes dentro de uma grande raça helênica, que viveu onde hoje chamamos de Grécia, nas ilhas do arquipélago, e pela costa da Ásia Menor (Jônia, como é chamada), desde o Helesponto (hoje chamado Dardanelos) até Rodes, e mais tarde tiveram colônias e cidades na Sicília e no sul da Itália (que era chamada Magna Grécia) e pelos litorais do Mar Negro, em Sinope, Kertch e Sevastópol. Após isso, mais uma vez, se espalharam sob o comando de Alexandre, o Grande, e conquistaram o Egito, a Síria, a Pérsia e todo o Leste. Mas isso foi centenas de anos após minhas histórias, vez que naquela época não havia gregos na costa do Mar Negro, tampouco na Sicília, ou na Itália, ou em qualquer outro lugar exceto na Grécia e na Jônia. E se por acaso estiverem confusos com os nomes dos lugares presentes neste livro, deverão consultar mapas e encontrá-los. Será uma forma mais agradável de aprender geografia, comparada a um livro didático monótono.

Devo dizer que estimo profundamente esses antigos helenos, e seria muita ingratidão a eles se não os estimasse, considerando tudo o que me ensinaram. Para mim, são como irmãos, mesmo que estejam mortos e enterrados há muitos séculos. Então, como vocês têm que aprender sobre eles – quer queiram, quer não queiram –, gostaria de ser o primeiro a introduzi-los a eles, e dizer: "Cheguem mais perto, crianças, neste abençoado tempo de Natal, em que todas as criaturas de Deus devem celebrar juntas e dar graças a Ele, que salvou todas elas. Venham ver meus velhos amigos, os quais eu já conhecia muito antes de vocês nascerem. Eles vieram nos visitar no Natal, do mundo em que todos vivem por Deus, para contar alguns de seus antigos contos de fadas, que apreciavam quando eram jovens como vocês".

As nações começam sendo crianças, embora sejam formadas por homens adultos. Primeiro são crianças como vocês – homens e mulheres com corações jovens, sinceros e afetuosos, cheios de esperança, e propensos ao aprendizado, que apreciam ver e aprender as maravilhas ao seu redor; mas também amiúde avarentos, impetuosos e tolos, tal como crianças.

Do mesmo modo, os gregos antigos eram propensos ao aprendizado, e aprenderam muito a respeito de todas as nações. Com os fenícios, aprenderam a construir navios – e alguns dizem que com eles também aprenderam as letras; com os assírios, aprenderam a pintura, a escultura e a construção com madeira e pedra; e com os egípcios, aprenderam astronomia e muitas coisas que vocês não compreenderiam. Assim, eles foram como nossos ancestrais, os Homens do Norte[1], cujas histórias vocês apreciam muito e que, embora fossem selvagens e brutos, eram humildes e abertos ao aprendizado. Logo, Deus recompensou os gregos, assim como recompensou nossos ancestrais, e os tornou mais sábios do que as pessoas que os ensinaram. Pois Ele ama ver homens e crianças de corações abertos, dispostos a aprender, e para aquele que usa o que tem, Ele dá mais e mais a cada dia. Portanto, os gregos se tornaram mais sábios e poderosos, e escreveram poemas que viverão até o fim do mundo, os quais vocês lerão por si próprios algum dia, pelo menos em inglês, se não em grego. Aprenderam a esculpir estátuas, a construir templos que até hoje permanecem entre as maravilhas do mundo, e a fazer muitas outras coisas que Deus lhes ensinou, e que nos tornaram mais sábios hoje.

Contudo, crianças, não se deve deduzir que, por serem pagãos, Deus não amava os gregos antigos, e não lhes ensinou nada.

A Bíblia nos diz que não foi assim, e que a misericórdia de Deus recai sobre todas as Suas obras, e que Ele compreende os corações de todas as pessoas, moldando suas conquistas. E ainda, mais tarde na História, quando os gregos antigos se tornaram imorais e decadentes, São Paulo disse a esse povo que deviam ter tido mais juízo, pois eram filhos de Deus, como os próprios gregos haviam dito; e que o bom Deus os tinha colocado na situação em que se encontravam para que buscassem o Senhor, e O procurassem, e O encontrassem, embora Ele não estivesse distante de ninguém. E Clemente de Alexandria – um grande pai da Igreja, que era tão sábio quanto bondoso – disse que Deus havia enviado, do céu, a filosofia aos gregos na Terra, assim como enviou os Evangelhos aos judeus.

1. Referência aos vikings.

Isso porque Jesus Cristo, não se esqueçam, é a Luz que ilumina cada homem que vem ao mundo. E ninguém pode pensar um pensamento correto, ou sentir um sentimento correto, ou compreender a real verdade de qualquer ente na terra e no céu, sem que o bom Senhor Jesus Cristo lhes ensine por meio de Seu Espírito, que dá a percepção ao homem.

Mas os gregos, tal como São Paulo disse, se esqueceram do que Deus lhes havia ensinado, e, embora fossem filhos de Deus, adoravam ídolos de madeira e pedra, e enfim caíram no pecado e na humilhação – e por fim, é claro, na covardia e escravidão – até serem dizimados e expulsos das belas terras que Deus lhes havia concedido por tantos anos.

Como todas as nações que deixaram um legado além de meros montes de terra, no início os gregos acreditavam em um único Deus Verdadeiro que criou o céu e a terra. Mas após algum tempo, como todas as outras nações, começaram a adorar outros deuses, ou anjos e espíritos, que viviam em suas terras (ou assim imaginavam). Zeus, o pai dos deuses e homens – que era uma fraca reminiscência ao abençoado Deus verdadeiro; sua esposa, Hera; Febo Apolo, o deus do sol; Palas Atena, que ensinou aos homens a sabedoria e as artes úteis; Afrodite, a rainha da beleza; Poseidon, o rei dos mares; Hefesto, o rei do fogo, que ensinou aos homens o trabalho com metais. E ainda honravam os deuses dos rios, e as ninfas, que imaginavam viver nas cavernas, nas fontes, nos vales da floresta e em todos os lugares belos e selvagens. Honravam, também, as Erínias: terríveis irmãs que assombravam homens culpados até que seus pecados fossem expurgados (ou assim acreditavam). Muitos outros sonhos eles tinham, o que partiu o Deus Único em diversos deuses. Além disso, diziam que tais deuses faziam coisas que seriam vergonha e pecado para qualquer homem. E quando os filósofos surgiram, dizendo que Deus era apenas um, ninguém os escutou, e continuavam a adorar seus ídolos e os banquetes imorais a eles dedicados, até que vieram à ruína. Mas não vamos mais falar de tais eventos tristes.

Na época da qual trata este pequeno livro, os gregos ainda não haviam decaído tanto. Eles veneravam seus ídolos, até onde posso afirmar, mas ainda acreditavam nos últimos seis dos dez mandamentos, e sabiam bem o que era certo e o que era errado. Acreditavam que os deuses amavam os homens e lhes ensinavam (e isso os dava coragem), e que sem os deuses a ruína sobre os homens seria certa. E nisso estavam corretos, conforme sabemos hoje – mais corretos do que pensavam –, vez que sem Deus não podemos fazer nada, e toda sabedoria vem Dele.

Porém, ao lerem este livro, não pensem que os gregos daquela época eram homens cultos, vivendo em grandes cidades, tal como se tornaram mais tarde, quando lavraram suas belas obras. Eram pessoas do campo, vivendo em fazendas e vilas muradas, levando uma vida simples e trabalhadora. De maneira que os grandes reis e heróis preparavam suas próprias refeições – e não pensavam ser vergonhoso –, construíam seus próprios navios e armas, alimentavam seus próprios cavalos. As rainhas trabalhavam com as criadas, fazendo todas as atividades domésticas; fiavam, teciam, bordavam e faziam suas próprias roupas e as de seus maridos. Assim, um homem era considerado honrado entre eles não por ser rico, mas de acordo com suas habilidades, sua força, coragem e o número de atividades que era capaz de realizar. Pois nada mais eram que crianças adultas, embora também houvesse crianças corretas e nobres; e assim era com eles tal como é hoje na escola: o menino mais forte e mais inteligente, embora seja pobre, lidera os outros.

Quando eram jovens e simples, eles apreciavam contos de fadas, assim como vocês. Todas as nações são assim quando são jovens. Nossos antigos ancestrais não eram exceção, e suas histórias eram chamadas de “sagas”. Um dia lerei para vocês algumas delas – um pouco dos “Eddas”, um pouco de "Völuspá", e "Beowulf", e os antigos nobres romances. Os árabes antigos também tinham seus contos, que hoje chamamos de "As mil e uma noites". Os antigos romanos tinham os seus, e os chamavam de *fabulae,* de onde se originou a palavra "fábula". Mas os antigos helenos chamavam seus contos de *mythoi,* de onde vem a nossa palavra "mito". Porém, tais romances, que foram escritos na Idade Média, não se comparam aos contos de fadas dos antigos gregos, por sua beleza, sabedoria e verdade, e por fazerem as crianças apreciarem atos nobres, e confiarem em Deus para ajudá-las em sua caminhada.

Mas por que intitulei este livro de "*Os heróis*"? Porque tal era o nome que os helenos davam aos homens bravos e habilidosos, que ousavam fazer mais do que outros homens. De início, acredito eu, significava isso. Mas após algum tempo passou a significar mais. Veio a simbolizar homens que ajudavam seu país: homens daquela época, em que o país era meio selvagem, que matavam bestas ferozes e homens perversos, drenavam pântanos, fundavam cidades, e, portanto, eram venerados por muito tempo após a morte, pois haviam tornado seu país melhor do que era quando vieram ao mundo. Chamamos tais homens de heróis até hoje, e dizemos ser "heroico" sofrer dores e angústias para fazer o bem por nossos compatriotas. Podemos fazer tudo isso, crianças. Tanto meninos quanto meninas. E devemos fazê-lo, pois agora é mais fácil e mais seguro do que nunca, e o caminho é mais desimpedido. Mas vocês ouvirão como esses heróis trabalhavam, segundo os helenos, há três mil anos. As histórias não são todas verdadeiras, é evidente, nem sequer metade delas. Vocês não são ingênuos o suficiente para acreditar nelas, contudo, seu significado é verdadeiro e eterno, sendo ele: "Faça o bem, e Deus o ajudará".

FARLEY COURT,
Advento, 1855.

› primeira história › Perseu

PARTE UM

Como Perseu e a mãe chegaram a Sérifos

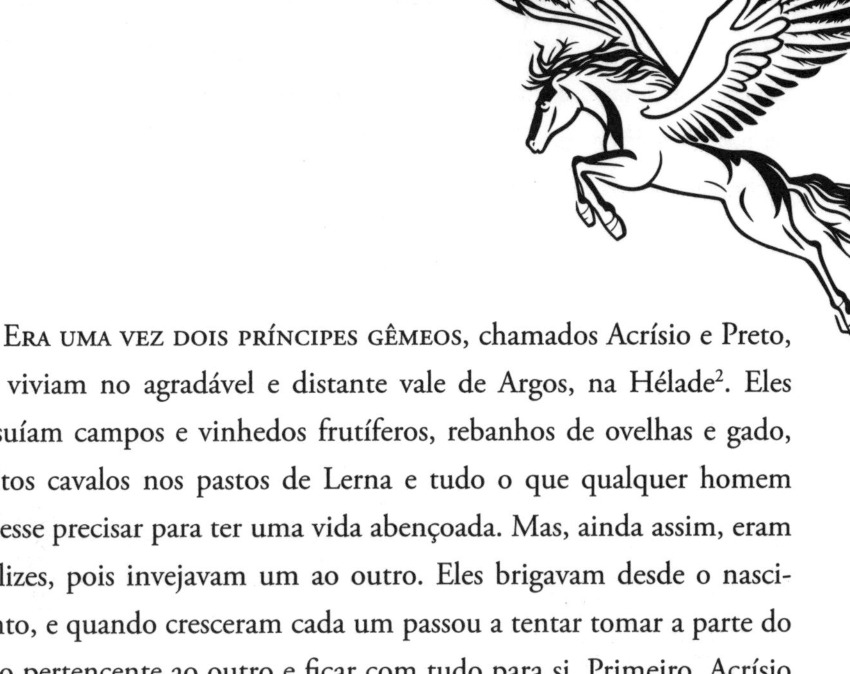

Era uma vez dois príncipes gêmeos, chamados Acrísio e Preto, que viviam no agradável e distante vale de Argos, na Hélade[2]. Eles possuíam campos e vinhedos frutíferos, rebanhos de ovelhas e gado, muitos cavalos nos pastos de Lerna e tudo o que qualquer homem pudesse precisar para ter uma vida abençoada. Mas, ainda assim, eram infelizes, pois invejavam um ao outro. Eles brigavam desde o nascimento, e quando cresceram cada um passou a tentar tomar a parte do reino pertencente ao outro e ficar com tudo para si. Primeiro, Acrísio expulsou Preto, que atravessou os mares e retornou com uma princesa estrangeira, com quem havia se casado, e guerreiros estrangeiros para ajudá-lo, chamados ciclopes. Ele, por sua vez, expulsou Acrísio, e então os dois lutaram por muito tempo até que a disputa foi resolvida: Acrísio ficou com Argos e metade do reino, e Preto ficou com Tirinto e a outra metade. Preto e seus ciclopes construíram grandes muralhas de pedra bruta ao redor de Tirinto, que perduram até os dias de hoje.

---

2. Antigo nome da região conhecida atualmente como Grécia, cujo povo são os helenos.

Mas um profeta se dirigiu ao duro e impassível Acrísio, e contra ele profetizou:

— Por ter se levantado contra o próprio sangue, seu próprio sangue há de se levantar contra você. Por ter pecado contra sua família, sua família há de puni-lo. Sua filha Dânae logo conceberá um filho, e pelas mãos de tal filho você morrerá. Assim ordenaram os deuses, e assim acontecerá.

Ao ouvir tal profecia, Acrísio ficou com muito medo, mas não mudou seu jeito de ser. Ele havia sido cruel com a própria família e, em vez de se arrepender e começar a tratá-los com gentileza, passou a ser ainda mais cruel. Conteve Dânae, sua filha inocente, numa caverna subterrânea selada com metal, onde ninguém pudesse se aproximar dela. Assim, ele imaginou ser mais esperto que os deuses – mas logo veremos se conseguiu escapar de sua sina.

Ocorreu que, por fim, Dânae concebeu um filho. Era um bebê tão belo que qualquer pessoa teria piedade dele, exceto o rei Acrísio. Ele não tinha compaixão alguma, de modo que os levou à beira-mar, os colocou num grande baú e os jogou no mar, para que os ventos e as ondas os levassem para onde quer que fossem.

O vento noroeste soprava fresco das montanhas azuis, por todo o agradável vale de Argos até a imensidão do mar. E na imensidão do mar perante o vale flutuavam a mãe e seu bebê, enquanto todos a que assistiam choravam, salvo aquele pai cruel, o rei Acrísio.

Assim eles flutuaram e flutuaram. O baú oscilava para cima e para baixo pela correnteza, e o bebê dormia no seio de sua mãe. Mas a pobre mãe não conseguia dormir, e apenas o observava aos prantos, cantando para o seu bebê enquanto flutuavam. Talvez vocês escutem a música que ela cantava, algum dia.

Já haviam passado do último promontório azul, e estavam em alto-mar, não havendo nada ao redor exceto as ondas, o céu e o vento. Mas as ondas eram suaves, o céu estava azul e a brisa era leve e amena. Era a época em que os Alcíones e Ceix[3] construíam seus ninhos, e nenhuma tempestade agitava o agradável mar de verão.

Mas quem eram Alcíone e Ceix? Vou contar enquanto o baú continua a flutuar para longe. Alcíone era uma fada, filha da praia e do vento. Ela amava um marinheiro, e com ele se casou. Ninguém na Terra era tão feliz quanto eles. Mas um dia, Ceix sofreu um naufrágio. Antes que conseguisse nadar até a costa, as ondas o engoliram. Alcíone o viu se afogando e pulou no mar para salvá-lo... em vão. Os Imortais tiveram pena do casal e os transformaram em duas belas aves marinhas, que agora constroem ninhos flutuantes todos os anos, e navegam felizes para sempre, pelos agradáveis mares da Grécia.

Uma noite se passou, seguida de um longo dia. E mais uma noite e mais um dia, até que Dânae ficou fraca e faminta, não havendo sinal de terra firme. Mas por todo esse tempo o bebê dormia tranquilo. Por fim, a pobre Dânae também caiu no sono, com a bochecha colada à bochecha de seu bebê.

Após algum tempo, ela foi acordada de súbito, pois o baú balançava e rangia, e o ar era preenchido com ruídos. Quando olhou para cima, viu altos penhascos, vermelhos sob o sol poente. À sua volta havia rochas, ondas se quebrando e gotas de espuma voando pelos ares. Ela uniu as mãos e gritou alto por socorro. Ao gritar, o socorro veio até ela: um homem alto e exuberante surgiu de cima das rochas e observou com curiosidade a pobre Dânae sendo sacudida dentro baú em meio às ondas.

Ele vestia um casaco de lã rude e um chapéu de abas largas, para proteger o rosto do sol. Em sua mão carregava um tridente de pesca, e sobre o ombro trazia uma rede. Mas Dânae via que não se tratava de

---

3. Aqui o autor faz referência às aves da família *Alcedinidae* e do gênero *Ceyx,* que receberam tal nomenclatura em virtude do mito grego de Ceix e Alcíone.

um homem comum, por sua estatura, seu andar e seus cabelos e barbas dourados e esvoaçantes. Assim como pelos dois criados que o acompanhavam, carregando cestas para os peixes. Mas ela mal teve tempo de olhá-lo bem antes que ele deixasse seu tridente para trás, pulasse pelas rochas e jogasse sua rede de pesca com enorme precisão, puxando o baú, Dânae e seu bebê à segurança, até alcançarem a elevação de uma rocha.

Então o pescador tomou a mão de Dânae, ajudando-a a sair do baú, e disse:

— Ó, bela donzela, que acaso peculiar a trouxe a esta ilha num barco tão precário? Quem é você, e de onde vem? Certamente é filha de um rei, e este menino é mais do que um mero mortal.

Conforme falava, ele apontava para o bebê, cujo rosto se iluminava como o sol da manhã.

Mas Dânae apenas abaixou a cabeça e disse, aos prantos:

— Diga-me em que terra vim parar, infeliz que sou, e entre que homens me encontro?

— Esta é a ilha chamada Sérifos — respondeu ele. — Sou um heleno, e vivo na Hélade. Sou o irmão do rei Polidecto, e os homens me chamam de Díctis, o pescador, pois pesco os peixes da costa.

Foi então que Dânae caiu aos seus pés, abraçou seus joelhos e pediu, aos prantos:

— Ó, senhor, tenha piedade desta forasteira, cuja cruel sina trouxe à sua terra! Deixe-me viver em sua casa como criada, mas me trate de modo honrado, pois já fui filha de um rei, e este meu filho, como falou, não é da raça comum. Não serei um fardo para o senhor, nem comerei o pão do ócio, pois sou mais habilidosa com o tear e o bordado do que qualquer dama em minha terra.

Ela continuava a suplicar, mas Díctis a interrompeu e, fazendo-a se levantar, disse:

— Minha filha, eu sou velho, e meus cabelos estão se tornando grisalhos, mas não tenho filhos para alegrar meu lar. Venha comigo, e então será uma filha para mim e minha esposa, e este bebê será nosso neto. Mostro hospitalidade a todos os forasteiros, pois sou temente aos deuses, sabendo que os bons atos, assim como os maus, sempre retornam àqueles que os praticam.

Assim, Dânae se acalmou, e foi para casa com Díctis, o bom pescador. Ela se tornou uma filha para ele e sua esposa, até que quinze anos se passaram.

PARTE DOIS

Como Perseu fez uma promessa imprudente

Quinze anos se passaram, e o bebê cresceu e se tornou um rapaz alto, um marinheiro, que partia em muitas viagens em busca de mercadorias para as ilhas próximas. Sua mãe o chamou de Perseu, mas todo o povo de Sérifos dizia que ele não era filho de um mortal, e o chamavam de filho de Zeus, o rei dos Imortais. Apesar de ter apenas quinze anos de idade, era um palmo e meio mais alto do que qualquer homem na ilha, e era o mais habilidoso na corrida, na luta, no pancrácio[4], no arremesso de argolas e de lança, no remo, e na harpe[5] – ou seja, em tudo o que favorecia um homem. Era corajoso e sincero, gentil e cortês, pois o bom e velho Díctis o havia treinado bem. Ainda bem, pois Dânae e Perseu caíram em grande perigo, e Perseu precisaria de toda a sua inteligência para defender a si e à sua mãe.

---

4. Pancrácio era uma arte marcial praticada na Grécia Antiga, que reunia características de pugilato e luta livre.

5. Harpe era uma espécie de espada-foice, mencionada na mitologia grega e romana, não devendo ser confundida com o instrumento musical.

Já mencionei que Díctis era irmão de Polidecto, o rei da ilha. Mas esse não era um homem íntegro como Díctis: era avarento, traiçoeiro e cruel. E quando viu a bela Dânae, quis desposá-la. Contudo, ela não queria, pois não o amava, e seus únicos amores na vida eram seu filho, e o pai de seu filho – o qual nunca mais esperava rever. Por fim, Polidecto se enfureceu e, enquanto Perseu estava ausente navegando, sequestrou a pobre Dânae, dizendo:

— Se não será minha esposa, será minha escrava.

Então, Dânae foi escravizada, sendo obrigada a buscar água no poço, moer os grãos, usar correntes pesadas, e possivelmente sofria até castigos físicos, por se recusar a desposar o rei cruel. Mas Perseu estava muito longe, navegando os mares da ilha de Samos, mal sabendo que sua mãe sofria tais tormentos.

Um dia, em Samos, enquanto o navio estava atracado, Perseu adentrou um agradável bosque para se proteger do sol. Sentou-se na relva e caiu no sono. Um sonho estranho se manifestou – o sonho mais estranho que havia tido na vida.

Uma dama se aproximava dele no bosque. Era mais alta do que ele, ou que qualquer homem mortal, porém excepcionalmente bela, de olhos acinzentados, claros e penetrantes, mas delicados e ternos. Vestia um elmo na cabeça, e na mão trazia uma lança. Sobre os ombros, por cima da longa túnica azul, vestia uma pele de cabra, que carregava um robusto escudo de metal, tão bem polido quanto um espelho. Ela ficou parada, observando-o com seus olhos acinzentados. Perseu viu que suas pálpebras não se moviam, tampouco os olhos, mas olhavam direto para ele, e através dele, dentro de seu coração, como se ela pudesse ver todos os segredos de sua alma e soubesse tudo o que ele já havia pensado e almejado desde o dia em que nascera. Ele baixou o olhar, tremendo e corando, quando a maravilhosa dama falou.

— Perseu, deve cumprir uma tarefa para mim.

— Quem é você, dama? E como sabe meu nome?

— Sou Palas Atena. Conheço o coração de todos os homens e sei discernir sua humanidade de sua torpeza. Me afasto das almas de barro: elas são abençoadas, mas não por mim. Engordam com facilidade, como ovelhas no pasto, e comem o que não plantaram, como gado na manjedoura. Crescem e se espalham, como abóboras pelo chão. Mas, tal como as abóboras, não oferecem sombra ao viajante. E quando estão maduras, a morte as reúne e as envia ao inferno, sem que sejam amadas, e seus nomes desaparecem da Terra.

"Mas às almas de fogo, concedo mais fogo, e àqueles que são bravos concedo uma coragem maior do que a dos homens. Tais são as almas dos heróis, os filhos dos Imortais, que são abençoados, não como as almas de barro. Pois eu os estimulo a avançar por caminhos distintos, Perseu, para que possam lutar contra os Titãs e os monstros, os inimigos dos deuses e dos homens. Por entre a dúvida e a necessidade, o perigo e a batalha, eu os guio. Alguns deles são mortos na flor da idade, sem que ninguém saiba quando ou onde, e alguns obtêm renome, e envelhecem de modo justo e saudável. Mas qual será o fim de cada um, não sei. Ninguém sabe, salvo Zeus, pai dos deuses e dos homens. Agora diga-me, Perseu, qual dessas duas espécies de homens te parece mais abençoada?"

— Prefiro morrer na flor da idade, com a chance de obter renome, a viver na tranquilidade, como as ovelhas, e morrer sem amor e sem ser honrado — respondeu Perseu, destemido.

A estranha dama riu e, levantando seu imponente escudo, bradou:

— Veja, Perseu. Ousaria enfrentar tal monstro como este, e o aniquilaria para que eu possa colocar sua cabeça neste escudo?

No reflexo do escudo havia um rosto, e quando Perseu o encarou seu sangue gelou. Era o rosto de uma bela mulher, mas suas bochechas eram pálidas como a morte, suas sobrancelhas se contraíam em dor eterna, seus lábios eram finos e ferozes como os de uma cobra, e no lugar de seus cabelos, víboras se contorciam ao redor de suas têmporas, expondo línguas bifurcadas. Ao redor da cabeça havia asas como as de uma águia, e sobre o peito tinha garras de metal.

Perseu fitou por algum tempo, e afinal indagou:

— Se há criatura tão feroz e detestável na Terra, há ato de bravura para matá-la. Onde encontro o monstro?

A estranha dama sorriu novamente e disse:

— Ainda não. Ainda é demasiado jovem e despreparado. Pois esta é a Górgona Medusa, mãe de uma prole monstruosa. Retorne ao seu lar, Perseu, e cumpra o trabalho que lá o aguarda. Deve mostrar bravura nessa tarefa primeiro, antes que eu o julgue digno de sair em busca da Górgona.

Perseu quis protestar, mas a estranha dama desapareceu, e ele acordou. E, para sua surpresa, havia sido um sonho. Mas por dias e noites Perseu via em sua frente o rosto da terrível mulher, com as víboras se contorcendo na cabeça.

Então ele retornou ao lar, e quando chegou a Sérifos, a primeira coisa que ouviu foi que sua mãe havia sido escravizada na morada de Polidecto.

Enraivecido, Perseu se dirigiu ao palácio do rei. Lá vasculhou os quartos dos homens e das mulheres, e toda a casa – pois ninguém ousava impedi-lo, tão temível e imaculado que era –, até que encontrou sua mãe sentada no chão, girando a manivela do moinho de pedra e chorando. Ele a levantou e a beijou, e pediu para que o seguisse. Mas antes que passassem pela porta, Polidecto entrou, furioso. Quando Perseu o viu, se atirou sobre ele como um mastim atacando um javali.

— Vilão! Tirano! — bradou ele. — É este o respeito que tem pelos deuses, e a misericórdia que oferece aos forasteiros e viúvas? Você morrerá!

Não tendo espada, apanhou o moinho de pedra e o ergueu para arremessá-lo e atingir a cabeça de Polidecto.

Mas sua mãe o impediu, gritando:

— Ó, meu filho, somos forasteiros desamparados nestas terras! Se matar o rei, todo o povo cairá sobre nós, e morreremos ambos.

O bom Díctis, que havia chegado à cena, também implorou:

— Lembre-se de que é meu irmão. Lembre-se de que eu te criei, te treinei como meu próprio filho, e tenha misericórdia dele por mim.

Perseu então baixou a mão. Polidecto – que tremia todo esse tempo como um covarde, sabendo que havia errado – deixou Perseu e sua mãe passarem.

Perseu levou sua mãe ao tempo de Atena, onde a sacerdotisa a tornou sacristã, pois era certo de que lá estaria a salvo, de maneira que nem mesmo Polidecto ousaria afastá-la do altar. Perseu e o bom Díctis e sua esposa visitavam-na todos os dias. Enquanto isso, Polidecto, tendo sido incapaz de conseguir o que queria à força, começou a traçar em seu cruel coração um plano ardiloso.

Estava certo de que jamais reaveria Dânae enquanto Perseu estivesse na ilha, então elaborou um plano para se livrar dele. Primeiro, fingiu haver perdoado Perseu e esquecido Dânae, para que, por um tempo, tudo ficasse tranquilo como sempre havia sido.

Em seguida, anunciou um grande banquete, ao qual convidou todos os chefes e donos de terras, bem como os jovens rapazes da ilha, entre eles Perseu, para que o homenageassem enquanto rei e desfrutassem de seu banquete em seu salão real.

Todos compareceram na data marcada, e, como era o costume na época, cada convidado levou consigo um presente para o rei: um cavalo, um manto, um anel ou uma espada. Aqueles que não tinham nada melhor para oferecer levavam cestas de uvas ou de caça. Mas Perseu não levou nada, pois não tinha nada para levar, sendo um pobre marinheiro.

Contudo, estava envergonhado em se colocar na presença do rei sem um presente, mas era orgulhoso demais para pedir a Díctis que lhe emprestasse algo para levar. Então permaneceu à porta, infeliz, observando os homens ricos entrarem. Seu rosto ficava muito vermelho conforme apontavam, riam e sussurravam:

— O que este pária teria para oferecer?

Era isso o que Polidecto queria, e assim que ouviu que Perseu havia comparecido de mãos vazias, ordenou que o trouxessem até ele e perguntou, em frente a todos, com escárnio:

— Não sou seu rei, Perseu? Não te convidei ao meu banquete? Onde está seu presente, então?

Perseu corou e gaguejou, enquanto os homens orgulhosos riam, e alguns até o ridicularizaram abertamente:

— Este rapaz foi jogado ao mar como uma erva daninha ou um pedaço de madeira à deriva, e ainda assim é demasiado orgulhoso para trazer um presente ao rei.

— E embora não saiba quem é seu pai, é tão vaidoso que permite que as senhoras o chamem de filho de Zeus!

Assim o ridicularizaram, até que o pobre Perseu se enfureceu de vergonha e, mal sabendo o que dizia, bradou:

— Um presente! Quem são vocês para falarem de presentes? Verão se não trarei um presente mais nobre do que todos esses juntos!

Assim o disse, vangloriando-se. Mesmo assim, sentia em seu coração que era mais valente do que qualquer um dos zombeteiros, e também mais capaz de realizar algum ato glorioso.

— Verão se não trarei um presente mais nobre que todos esses juntos!

— Ouçam-no! Ouçam essa bravata! Qual será tal ato de glória? — gritaram todos, rindo mais alto do que nunca.

Então, o sonho que tivera em Samos veio à mente, e Perseu bradou alto:

— A cabeça da Górgona.

Após dizer tais palavras, ficou um pouco receoso, pois todos riram ainda mais alto, e Polidecto riu mais do que todos.

— Promete me trazer a cabeça da Górgona? Então não apareça mais nesta ilha sem ela! Vá!

Perseu cerrou os dentes, enraivecido, pois percebeu que tinha caído em uma armadilha: sua promessa recaíra sobre si mesmo. Então, partiu sem dizer nada.

Dirigiu-se aos penhascos, fitou o amplo mar azul, perguntando-se se o sonho havia sido real. Na amargura de sua alma, orou:

— Palas Atena, foi real meu sonho? Devo eu abater a Górgona? Se me mostrou realmente sua face, não deixe que eu caia em humilhação como um mentiroso e arrogante. Realizei uma promessa imprudente em um acesso de cólera, mas a cumprirei com sabedoria e paciência.

Contudo, não houve qualquer resposta ou sinal. Tampouco trovão ou qualquer aparição. Nem mesmo uma nuvem no céu.

Três vezes Perseu chamou, aos prantos:

— Realizei promessa imprudente em um acesso de cólera, mas a cumprirei com sabedoria e paciência.

Então, viu a distância, sobre o mar, uma pequena nuvem branca e brilhante como prata. Ela se aproximou cada vez mais, até que o brilho ofuscou seus olhos.

Perseu contemplou a estranha nuvem, pois era a única no céu, e estremeceu quando ela encostou no penhasco abaixo. Ao tocar no penhasco, a nuvem se dissipou, e de dentro dela surgiu Palas Atena, tal como no sonho em Samos. Ao lado dela havia um jovem de membros mais finos que os de um cervo, cujos olhos pareciam faíscas de fogo. Carregava uma espada de diamante, feita de uma única pedra preciosa translúcida, e nos pés calçava sandálias douradas, de onde cresciam asas vivas.

Ambos observavam Perseu profundamente, sem sequer moverem os olhos. Eles subiram pelo penhasco em sua direção, ligeiros como uma gaivota, sem nem ao menos moverem os pés. Tampouco a brisa moveu suas túnicas. Apenas as asas das sandálias do jovem se debatiam, como as de um falcão ao pousar sobre o penhasco. Perseu caiu de joelhos e os reverenciou, pois sabia que não eram meros humanos.

Mas Atena se colocou diante dele e falou com suavidade, pedindo para que não temesse:

— Perseu — iniciou ela —, aquele que supera uma provação merece, portanto, uma provação ainda mais árdua. Enfrentou Polidecto com muita bravura. Ousará enfrentar Medusa, a Górgona?

— Dê-me uma chance, pois desde o dia em que falou comigo em Samos uma nova alma passou a habitar meu peito, e seria uma humilhação não ousar realizar algo que está ao meu alcance. Mostre-me, então, como fazê-lo! — respondeu Perseu.

— Perseu — replicou ela —, pense bem antes de tentar, pois tal tarefa implica uma jornada de sete anos, da qual não poderá desistir ou retornar, tampouco escapar. Mas se seu coração fracassar, morrerá na Terra Desconhecida, onde nenhum homem jamais encontrará seus ossos.

— Melhor do que viver aqui, inútil e menosprezado — avaliou Perseu. — Diga-me, então, diga-me, ó justa e sábia deusa, por sua grande gentileza e benevolência, como posso cumprir tal tarefa, ou então morrer, se for meu destino!

Atena então sorriu e disse:

— Seja paciente e ouça, pois se esquecer minhas palavras a morte será certa. Deve se dirigir ao norte do país dos Hiperbóreos[6], que vivem além do polo, na origem dos frios ventos nortenhos. Siga até encontrar as três Greias, que têm apenas um olho e um dente entre elas. Deve perguntar a elas o caminho até as Ninfas, filhas da Estrela da Tarde[7], que dançam ao redor da árvore dourada, na ilha atlântica do oeste. Elas indicarão o caminho até a Górgona para que possa matá-la, minha inimiga, mãe de monstruosas bestas.

"Houve uma época em que a Górgona era uma donzela tão bela quanto o amanhecer. Até que, em seu orgulho, cometeu pecado tão terrível que o sol escondeu a face. Daquele dia em diante, seus cabelos se tornaram víboras, e suas mãos deram lugar a garras de águia. Seu coração se encheu de vergonha e cólera, e seus lábios se encheram de amargo veneno. Seus olhos se tornaram tão terríveis que qualquer pessoa que os veja será transformada em pedra, e seus filhos são o cavalo alado, Pégaso; e o gigante da espada dourada, Crisaor. Seus netos são Equidna, a bruxa-víbora; e Gerião, o gigante de três cabeças, que alimenta seus rebanhos junto aos rebanhos do inferno. Assim, a donzela se tornou irmã das Górgonas Esteno e Euríale, as abomináveis filhas da Rainha do Mar[8]. Mas não toque nelas, Perseu, pois são imortais: traga apenas a cabeça de Medusa."

---

6. Hiperbórea, ou o país dos Hiperbóreos, é um lugar mitológico. O nome quer dizer "muito além de Bóreas", sendo que Bóreas, na mitologia grega, é o vento norte.

7. Estrela da Tarde se refere a Héspero, deus do crepúsculo vespertino. Suas filhas são as ninfas hespérides, também conhecidas como filhas do entardecer e ninfas do oeste.

8. Rainha do Mar se refere a Ceto, deusa das criaturas marinhas.

— Eu a trarei! — afirmou Perseu. — Mas como escaparei de seus olhos? Não me transformarão também em pedra?

— Deve levar contigo este escudo espelhado — explicou Atena —, e, quando se aproximar dela, não a olhe diretamente, olhe a imagem refletida no metal. Assim poderá abatê-la com segurança. E quando a houver decapitado, embrulhe a cabeça, com a face virada para o lado oposto, na pele de cabra em que o escudo está pendurado. É a pele de Amalteia, guardiã da égide. Assim, a trará em segurança até mim, e ganhará renome e um lugar entre os heróis que se banqueteiam com os Imortais no monte Olimpo, pico onde os ventos não sopram.

— Eu irei, mesmo que morra — disse Perseu. — Mas como cruzarei os mares sem um navio? E quem me mostrará o caminho? E, quando a encontrar, como a matarei, se suas escamas são de ferro e latão?

Foi então que um jovem falou:

— Minhas sandálias o levarão através dos mares, sobre colinas e vales, como um pássaro, assim como me carregam o dia todo. Sou Hermes, o aclamado matador do gigante Argos Panoptes, e mensageiro dos Imortais que vivem no Olimpo.

Perseu então caiu de joelhos e o reverenciou, enquanto o jovem continuava a falar:

— As sandálias o guiarão em sua jornada, pois são divinas e não desviam o curso. E esta espada, que matou Argos, abaterá a Górgona, pois é divina, e não necessitará mais de um golpe. Levante-se, tome os itens que lhe ofereço, e parta.

Perseu se levantou, calçou as sandálias e prendeu a espada à cintura. Atena ordenou:

— Agora salte do penhasco e parta.

Mas Perseu hesitou.

— Posso me despedir de minha mãe e de Díctis? E posso fazer

oferendas a você, e a Hermes, o aclamado matador de Argos Panoptes, e ao Zeus Pai?

— Não poderá se despedir de sua mãe, pois seu coração talvez sucumba aos seus prantos. Eu a confortarei, e a Díctis, até que retorne a salvo. Tampouco poderá fazer oferendas aos Olimpianos, pois sua oferenda será a cabeça de Medusa. Salte e confie na armadura dos Imortais.

Perseu então olhou do topo do penhasco para baixo e estremeceu. Mas tinha vergonha de demonstrar seu medo. Pensou na Medusa e no renome à sua frente, e saltou no ar vazio.

Para sua surpresa, em vez de cair ele flutuou, de pé, e correu pelo céu. Olhou para trás, mas Atena havia desaparecido, assim como Hermes. As sandálias o levaram em direção ao norte, como uma garça perseguindo o córrego em direção aos pântanos do rio Ister[9].

9. Ister é o antigo nome do rio Danúbio.

› primeira história › Perseu

PARTE TRÊS

Como Perseu abateu a Górgona

Perseu então iniciou sua jornada, sobrevoando terra e mar sem sequer molhar os pés. Seu coração estava entusiasmado e contente, pois as sandálias aladas o carregaram todos os dias por uma semana.

Passou por Cítnos, por Kea e pelas agradáveis ilhas Cíclades, até a Ática. Passou por Atenas e Tebas, pelo lago Copais e pelo vale do rio Céfiso, além dos picos dos montes Eta e Pindo, sobre as ricas planícies da Tessália, até que as colinas ensolaradas da Grécia ficaram para trás, restando à sua frente apenas o selvagem norte. Passou pelas montanhas da Trácia e por muitas tribos bárbaras, como os Peônios, os Dardânios e os Tribálios, até que chegou à corrente do rio Ister e às sombrias planícies da Cítia. Caminhou através do Ister e seus pântanos sem nem molhar os pés, dia e noite, rumo ao sombrio noroeste, sem que se desviasse à esquerda ou à direita, até chegar às Terras Desconhecidas e ao lugar que não tinha nome.

Por sete dias caminhou por essas terras, em um trajeto que poucos podem descrever, pois aqueles que já o atravessaram tentam esquecê-lo, e aqueles que retornam em sonhos desejam acordar. Chegou à borda da noite eterna, onde o ar era repleto de plumas e o solo era duro como gelo, e lá enfim encontrou as três Greias, perto da costa do mar congelado, acenando com a cabeça em direção a um tronco branco de madeira à deriva, sob a lua fria e branca de inverno. Elas entoavam um canto baixo, em uníssono:

— Pois os velhos tempos eram melhores do que os novos.

Não havia qualquer ser vivo ao redor, nem uma mosca, nem musgo sobre as rochas. Nem mesmo uma gaivota ousava se aproximar, por receio de que o gelo pudesse agarrá-la. As ondas se quebravam em espuma, mas as gotas que espirravam caíam em flocos de neve, cobrindo os cabelos das três Greias, bem como os ossos no penhasco de gelo sobre suas cabeças. Elas passavam seu único olho de uma para outra, mas, mesmo assim, não conseguiam enxergar. Passavam também o único dente entre elas, porém, ainda assim, não conseguiam comer. Sentavam-se à luz da lua, mas nenhuma delas se aquecia com a luz. Perseu sentiu pena das três Greias, mas elas não tinham autopiedade.

Então, ele disse:

— Ó, veneráveis mães, a sabedoria é filha da idade. Devem saber muitas coisas, portanto. Digam-me, se puderem, o caminho até a Górgona.

— Quem é este que nos humilha mencionando idade? — comentou uma delas.

— É a voz de um dos filhos dos homens — disse outra.

— Não as humilho — replicou Perseu —, mas honro sua idade. Sou um dos filhos dos homens e dos heróis. Os deuses do Olimpo me enviaram aqui para perguntar o caminho até a Górgona.

— Há novos deuses no Olimpo, e tudo o que é novo é ruim — disse uma delas.

— Nós detestamos seus deuses, os heróis e todos os filhos dos homens — acrescentou outra. — Somos da família dos Titãs, dos Gigantes, das Górgonas e dos antigos monstros das profundezas.

— Quem é este homem insolente e incauto que adentra nosso mundo sem ser convidado? — perguntou a terceira.

— Jamais houve mundo tal como o nosso, e jamais haverá. Se deixarmos que o veja, ele o arruinará — voltou a dizer a primeira.

Então uma delas pediu:

— Dê-me o olho, para que possa vê-lo.

— Dê-me o dente, para que possa mordê-lo — bradou outra.

Mas Perseu, quando percebeu que eram tolas e orgulhosas, e que não gostavam dos filhos dos homens, parou de sentir pena e disse a si mesmo:

— Homens ambiciosos têm de ser ousados. Se eu ficar aqui conversando, morrerei de fome.

Então se aproximou delas e observou enquanto passavam o olho de mão em mão. Enquanto se apalpavam entre elas, Perseu estendeu a mão delicadamente, até que uma delas colocou o olho em sua palma, pensando ser a mão de sua irmã. Ele então se afastou, aos risos, e bradou:

— Velhas cruéis e orgulhosas, tenho seu olho. E o atirarei ao mar se não me disserem o caminho até a Górgona e jurarem que é o caminho verdadeiro.

Elas choraram, tagarelaram e o repreenderam, mas em vão.

Foram forçadas a dizer a verdade, mas, embora tenham contado o caminho, Perseu mal podia compreender a rota.

— Deve partir — disseram elas — rumo ao sul e adentrar no terrível brilho do sol, até chegar ao gigante Atlas, que mantém apartado o céu da terra. Deve perguntar às suas filhas, as Hespérides, que são jovens e tolas como você. Agora dê-nos nosso olho, pois não nos lembramos do resto do caminho.

Perseu então devolveu o olho, mas, em vez de utilizá-lo, elas pegaram no sono, e se tornaram blocos de gelo, até que a maré subiu e as levou. Agora elas flutuam como icebergs eternamente, derretendo quando se deparam com a luz do sol, com o abundante verão e o caloroso vento do sul, que enchem de alegria os corações jovens.

Mas Perseu se dirigiu ao sul, deixando a neve e o gelo para trás. Passou pela ilha dos Hiperbóreos, pelas Ilhas do Estanho[10] e pela longa costa Ibérica, enquanto o sol ficava mais alto a cada dia no mar azul do verão. As andorinhas e as gaivotas voavam ao redor de sua cabeça, rindo, chamando-o a fazer uma pausa e brincar. Os golfinhos saltavam conforme ele passava, oferecendo uma carona em suas costas. As ninfas do mar, ou Nereidas, cantavam com doçura a noite toda, e os Tritões sopravam suas conchas enquanto levavam Galateia, sua rainha, em sua carruagem de conchas peroladas. Dia após dia o sol ficava mais alto, mergulhando cada vez mais rápido no horizonte ao anoitecer, e cada vez mais rápido surgia de trás do mar ao amanhecer. Enquanto isso, Perseu passava sobre as ondas como uma gaivota, e seus pés jamais se molhavam, saltando de vaga em vaga, e seus membros nunca se cansavam. Até que, um dia, avistou uma grande montanha a distância, toda avermelhada ao sol poente. O sopé era coberto por florestas, e o pico era coberto por uma coroa de nuvens. Perseu sabia que era Atlas, aquele que mantém apartados o céu e a terra.

10. Também chamadas Ilhas Cassitérides.

Ele alcançou a montanha, pulou na praia e subiu em meio a agradáveis vales e cachoeiras, árvores altas e arbustos e flores estranhas. Mas não havia fumaça saindo de qualquer cânion, ou de casas, tampouco existia sinal de vida humana.

Por fim, ouviu doces vozes a cantar e supôs ter chegado ao jardim das ninfas, as filhas da Estrela da Tarde.

Elas cantavam como rouxinóis no bosque, e Perseu parou para ouvir a música, mas não conseguia compreender as palavras que proferiam. E pelas centenas de anos após sua passagem por ali, nenhum homem tampouco foi capaz de compreender. Então ele adentrou o jardim e as viu dançando de mãos dadas ao redor de uma árvore encantada, que cedia ao peso de seus próprios frutos dourados. Enrolado ao redor da base do tronco havia o dragão, o velho Ladão: a serpente que não dorme, apenas fica lá deitada pela eternidade, ouvindo a canção das donzelas, piscando e observando com olhos secos e brilhantes.

Perseu então parou, não porque temia o dragão, mas porque ficou tímido perante as belas donzelas. Mas quando o viram, também pararam, e o chamaram com voz trêmula:

— Quem é você? É o poderoso Hércules, que virá para assaltar nosso jardim e levar nossos pomos de ouro?

— Não sou o poderoso Hércules — respondeu ele —, e não quero seus pomos de ouro. Digam-me, belas ninfas, o caminho até a Górgona, para que eu possa partir e abatê-la.

— Ainda não, ainda não, belo rapaz. Venha dançar conosco ao redor da árvore no jardim onde nunca é inverno, lar do sol e do vento do sul. Venha cá e brinque conosco por um momento. Dançamos sozinhas por mil anos, e nosso coração está exausto pela falta de um companheiro. Então venha, venha, venha!

— Não posso dançar com vocês, belas donzelas, pois devo cumprir a tarefa que os Imortais me confiaram. Digam-me, então, o caminho até a Górgona, para que eu não vague perdido e pereça nas ondas.

Elas suspiraram e se lamentaram, e responderam:

— A Górgona! Ela o transformará em pedra.

— Prefiro morrer como um herói do que viver como gado em uma baia. Os Imortais me emprestaram armas e me darão a sabedoria para utilizá-las.

Então, suspiraram novamente e disseram:

— Belo rapaz, se está determinado a alcançar a própria ruína, que assim seja. Não conhecemos o caminho até a Górgona, mas perguntaremos ao gigante Atlas, sobre o pico da montanha, irmão de nosso pai, a Estrela da Tarde. Ele fica sentado no alto observando o oceano e a vastidão das Terras Desconhecidas.

As ninfas subiram a montanha para alcançar Atlas, seu tio, e Perseu as acompanhou. Encontraram o gigante de joelhos, enquanto segurava os céus, mantendo-os afastados da terra.

Perguntaram-lhe, e ele respondeu com calma, apontando o litoral com sua poderosa mão:

— Vejo a Górgona numa ilha muito distante, no entanto esse jovem jamais poderá se aproximar dela, a não ser que tenha consigo o elmo da escuridão, que torna invisível aquele que o veste.

Perseu então perguntou:

— Onde está esse tal elmo, onde posso encontrá-lo?

Mas o gigante sorriu e disse:

— Nenhum mortal vivo pode encontrar o elmo, pois ele está nas profundezas de Hades, no reino dos mortos. Mas minhas sobrinhas são imortais, e o buscarão para você, se me prometer uma coisa, dando sua palavra.

Perseu prometeu, e o gigante disse:

— Quando retornar com a cabeça de Medusa, deverá me mostrar a bela monstruosidade, para que eu possa perder meus sentidos e minha respiração, me tornando pedra para sempre. Pois segurar o céu, mantendo-o afastado da terra, é um fardo demasiado exaustivo para mim.

Perseu fez a promessa, e a ninfa mais velha desceu a uma caverna escura entre os penhascos, de onde saíam fumaça e trovões, pois era uma das bocas do Inferno.

Assim, Perseu e as ninfas se sentaram e aguardaram por sete dias, tremendo, até que a ninfa retornou. Seu rosto estava pálido, e seus olhos estavam cegos com a luz, pois havia permanecido muito tempo na caverna escura. Mas em suas mãos trazia o elmo mágico.

Então, todas as ninfas beijaram Perseu, chorando por muito tempo. Mas ele estava impaciente, querendo partir logo. Por fim, elas colocaram o elmo sobre sua cabeça, e ele desapareceu de vista.

Perseu seguiu com coragem, atravessando muitas paisagens horríveis, adentrando o coração distante das Terras Desconhecidas, além das correntes do oceano, até as ilhas onde embarcação alguma pode navegar, onde não é dia nem noite, onde nada está no lugar certo e nada tem nome. Até que ouviu o farfalhar das asas da Górgona e viu o brilho das garras de metal. Ele então soube que era hora de parar, ou a Medusa o transformaria em pedra.

Pensou um pouco e se lembrou das palavras de Atena. Subiu e pairou nos ares, segurando o escudo espelhado sobre a cabeça, e olhou para o reflexo, a fim de que pudesse ver o que havia abaixo de si.

Foi então que viu as três Górgonas dormindo, como enormes elefantes. Sabia que elas não podiam vê-lo, pois o elmo da escuridão o escondia, mas, mesmo assim, ele tremia conforme descia e se aproximava delas, tão terríveis eram as garras de metal.

Duas das Górgonas eram imundas como porcos e dormiam profundamente, tal como porcos dormem, com suas imensas asas estendidas.

Mas Medusa se revirava, de modo agitado. Vendo sua inquietação, Perseu sentiu pena, pois parecia ser muito bonita e triste. Sua plumagem era como um arco-íris, e seu rosto era como o de uma ninfa, com exceção de suas sobrancelhas contraídas, dos lábios cerrados, em inquietude e dor eternas. Seu longo pescoço brilhava tão pálido no reflexo do espelho que Perseu não teve coragem de atacar, e disse:

— Ó, que fosse qualquer uma das outras duas irmãs!

Mas enquanto ele observava, as víboras de suas madeixas acordaram e olharam para cima com seus olhos secos e brilhantes, mostrando as presas e sibilando. Medusa, enquanto se revirava, abriu as asas e mostrou as garras de metal. Perseu então viu que, apesar de toda a beleza, era tão abominável e venenosa quanto as outras duas.

Então, ele desceu e se aproximou dela com bravura, observando constantemente o espelho, e a golpeou com a harpe, com força, não precisando de mais do que um único golpe.

Em seguida, embrulhou a cabeça na pele de cabra, sem olhá-la diretamente, e alçou voo, mais rápido do que nunca.

As asas e as garras de Medusa se agitavam enquanto o corpo caía morto sobre as pedras, e as duas abomináveis irmãs acordaram e a viram morta.

Elas levantaram voo aos gritos e procuraram aquele que havia cometido tal ato. Circularam três vezes, como falcões à caça de perdizes, e três vezes farejaram os arredores, como cães caçando um veado. Por fim, sentiram cheiro de sangue e pausaram por um momento para se certificarem, e daquele momento em diante avançaram com um uivo pavoroso, enquanto o vento roçava sobre suas asas.

Avançaram com velocidade, batendo e agitando as asas, como águias a perseguir uma lebre. O sangue de Perseu corria gélido, apesar de toda a sua bravura, enquanto elas se aproximavam aos gritos, e ele bradou:

— Carreguem-me, bravas sandálias, pois os cães de caça da morte estão me alcançando!

E as bravas sandálias o carregaram, voando entre nuvens e raios de sol, pelo mar aberto, enquanto os cães de caça da morte o perseguiam em alta velocidade, fazendo ventar com suas ruidosas asas. No entanto, o ruído ficou cada vez mais distante, e o urro de suas vozes se afastou, pois as sandálias eram velozes demais até mesmo para as Górgonas. Ao anoitecer elas já haviam sido despistadas, duas manchas escuras no céu do sul, até que o sol se pôs e Perseu não pôde mais vê-las.

Ele então retornou à montanha de Atlas e ao jardim das ninfas. Quando o gigante o ouviu chegar, grunhiu e disse:

— Cumpra sua promessa.

Perseu segurou a cabeça da Górgona à sua frente, e o gigante pôde descansar de seu fardo, pois se tornou um enorme pedregulho, dormindo eternamente muito acima das nuvens.

Após agradecer às ninfas, perguntou-lhes:

— Por qual caminho devo retornar ao meu lar, já que vaguei muito vindo até aqui?

— Não retornes — disseram elas, chorando. — Fique e brinque conosco, as donzelas solitárias, que vivem eternamente afastadas dos deuses e dos homens.

Mas ele recusou, e elas indicaram-lhe o caminho e disseram:

— Leve contigo este fruto mágico, que, se comido uma vez, te satisfará por sete dias. Deve seguir ao leste, ao extremo leste, além da lúgubre costa líbia, que Poseidon deu ao Zeus Pai quando abriu o estreito de Bósforo e o Helesponto, afogando as belas terras letãs. Zeus tomou aquelas terras em troca, sendo uma permuta justa: muitas terras ruins por um pouco de terras boas. Até hoje está abandonada e deserta, com poeira, rochas e areia.

Elas então beijaram Perseu e choraram por ele, enquanto o rapaz descia a montanha em um salto, mergulhando como uma gaivota, até se afastar para o mar aberto.

› primeira história › Perseu

PARTE QUATRO

Como Perseu chegou aos etíopes

Perseu então voou em direção ao nordeste, por dezenas de quilômetros de mar, até chegar às dunas e à lúgubre costa líbia.

Sobrevoou o deserto: por falanges rochosas, bancos de poeira, pilhas de areia, restos de conchas desbotando ao sol, esqueletos de grandes monstros marinhos e ossos de gigantes antigos, espalhados por toda aquela terra que um dia havia sido fundo do mar. Conforme avançava, gotas de sangue pingavam da cabeça da Górgona e se tornavam víboras e serpentes, que habitam o deserto até hoje.

Ele voou sobre as areias, sem saber por qual distância ou por quanto tempo, alimentando-se do fruto que havia recebido das ninfas, até que avistou as colinas dos Psilos e dos Pigmeus que lutavam contra os grous. Suas lanças eram feitas de juncos e ramos, e suas casas eram feitas das cascas dos ovos dos grous. Perseu riu e continuou sua jornada rumo ao nordeste, esperando logo ver o brilhante e azul Mediterrâneo, para que pudesse atravessá-lo rumo ao lar.

Mas um vento forte recaiu sobre ele e o soprou para o sul, em direção ao deserto. Ele havia conseguido voar contra a corrente o dia todo, mas mesmo as sandálias aladas não conseguiram prevalecer. Logo, foi forçado a flutuar com o vento a noite toda, e quando a manhã raiou não havia nada a ser visto, salvo o mesmo velho deserto arenoso e terrível.

Tempestades de areia vindas do norte avançaram sobre ele: colunas e espirais vermelho-sangue encobrindo o sol do meio-dia. Perseu fugiu do alcance da tempestade, para que não fosse sufocado pela poeira ardente. Por fim, o vendaval se acalmou, e ele tentou seguir para o norte mais uma vez. No entanto, mais uma vez, veio a tempestade de areia, que o levou de volta ao deserto, e então tudo ficou tão calmo e límpido como sempre. Por sete dias ele batalhou contra as tempestades, e por sete dias foi arrastado de volta, até que ficou esgotado de sede e de fome, e sua língua colou no céu da boca. Aqui e ali imaginava ver um belo lago e os raios de sol brilhando sobre a água, mas quando o alcançava, tudo desaparecia aos seus pés, e não havia nada a não ser areia escaldante. Não fosse ele da raça dos Imortais, teria perecido no deserto. Porém, a vida dentro de si era forte, já que era mais do que a vida de um mero homem.

Perseu, então, apelou a Atena, dizendo:

— Ó, justa e imaculada, se puder me escutar, me abandonaria aqui para morrer de sede? Trouxe a você a cabeça da Górgona, às suas ordens, e até aqui minha jornada prosperou. Me abandonará, enfim? Por qual outra razão estas sandálias não vencem as tempestades do deserto? Devo nunca mais ver minha mãe e as ondas azuis ao redor de Sérifos, e as colinas ensolaradas da Hélade?

Assim ele orava, e após ter feito suas preces houve grande silêncio.

O céu ainda estava sobre sua cabeça e a areia ainda estava sob seus pés. Perseu olhava para cima, mas não havia nada além do sol ofuscante no azul ofuscante, e, ao redor dele, nada além de areia ofuscante.

Perseu ficou parado por algum tempo, esperando, e enfim disse:

— Certamente não estou aqui sem a vontade dos Imortais, pois Atena não mente. Não foram estas sandálias que me guiaram no caminho correto? Logo, o caminho que tenho tentado percorrer deve ser o caminho errado.

De repente, seus ouvidos se abriram, e ele ouviu o som de água corrente.

Ao escutá-lo, seu coração se encheu de entusiasmo, embora mal ousasse acreditar em seus ouvidos. Mesmo exausto, avançou com pressa, embora mal pudesse se manter de pé. À distância de uma flechada havia um vale na areia, com cascalhos de mármore, tamareiras e um gramado alegre e verde. Por toda a grama um fio de água brilhava e serpenteava além das árvores, até desaparecer na areia.

A água respingava entre as rochas, e uma brisa agradável soprava nos galhos secos das tamareiras. Perseu riu de alegria e saltou penhasco abaixo. Bebeu da água fresca e comeu tâmaras, dormiu sobre a relva, saltou de novo e voltou a seguir seu caminho: desta vez não rumo ao norte, pois havia dito:

— Certamente Atena me enviou até aqui e não quer que eu siga para casa ainda. E se houver outro ato nobre a ser cumprido antes que eu retorne às colinas ensolaradas da Hélade?

Assim, seguiu em direção ao leste, sempre ao leste, por oásis e fontes frescas, tamareiras e gramados, até que avistou à sua frente a imponente encosta de uma montanha, toda avermelhada ao sol poente.

Ele então subiu pelo ar como uma águia, pois seus membros haviam recuperado a força, e voou a noite toda atravessando a montanha, até que o dia começou a raiar, e os dedos rosados de Éos[11] começaram a pintar o céu. Então, para surpresa de Perseu, sob si havia o longo e verdejante jardim do Egito e a corrente brilhante do Nilo.

11. Éos é a deusa do amanhecer.

Avistou cidades muradas até o céu, templos, obeliscos, pirâmides e deuses gigantes de pedra. Desceu em meio aos campos de cevada, linho, milhete e cabaças trepadeiras. Avistou pessoas saindo pelos portões de uma grande cidade e se preparando para o trabalho, cada um em seu lugar em meio aos cursos de água, partindo com destreza as correntes em meio às plantas, utilizando os pés, de acordo com a sabedoria dos egípcios. Mas quando o avistaram, todos interromperam o trabalho e se juntaram ao seu redor, e clamaram:

— Quem é você, belo jovem? E o que traz sob a pele de cabra que tem aí? Por certo é um dos Imortais, pois sua pele é branca como marfim, e a nossa é vermelha como barro. Seus cabelos são como fios de ouro, e os nossos são pretos e cacheados. Certamente é um dos Imortais.

Começavam a idolatrá-lo, mas Perseu disse:

— Não sou um dos Imortais, mas sou um herói dos helenos. Abati a Górgona em um lugar inóspito, e trago a cabeça dela comigo. Deem-me comida, então, para que eu possa prosseguir e terminar minha tarefa.

Eles lhe deram comida, frutas e vinho, mas não o deixaram partir. Quando a notícia de que a Górgona havia sido morta chegou à cidade, os sacerdotes vieram encontrá-lo, bem como as donzelas, com música, dança, pandeiros e liras. Teriam-no levado ao templo e ao seu rei, mas Perseu colocou o elmo da escuridão e desapareceu da vista de todos.

Assim, os egípcios aguardaram por muito tempo o retorno de Perseu, mas em vão, e o veneraram como um herói, construindo uma estátua em sua homenagem em Akhmim, que perdurou por muitas centenas de anos. Diziam que Perseu aparecia para eles por vezes, calçando sandálias que mediam um côvado[12], e que quando aparecia a estação daquele ano era próspera e o Nilo transbordava.

---

12. Medida utilizada pelas civilizações antigas, medindo entre 44 cm e 66 cm.

Perseu então seguiu para o leste, acompanhando a costa do mar Vermelho. Ele agora tinha medo de adentrar os desertos árabes, razão pela qual seguiu rumo ao norte novamente, e dessa vez nenhuma tempestade o impediu.

Passou pelo Istmo de Corinto, pelo monte Cásio[13] e pelo vasto lago Bardawil, subindo pela costa da Palestina, onde viviam os etíopes de pele escura.

Sobrevoou colinas e vales agradáveis, como o próprio vale de Argos, ou a Lacônia, ou o belo vale de Tempe. Mas as planícies estavam inundadas por completo, os planaltos eram assolados pelo fogo e as colinas suspiravam como um caldeirão borbulhante diante da ira do rei Poseidon, o agitador da Terra.

Perseu temia adentrar o interior continental, mas voava acompanhando o litoral, sobre o mar, e assim seguia o dia todo. O céu estava escuro com fumaça, e ele prosseguiu sua jornada noite adentro, até que o céu ficou vermelho com chamas.

Ao raiar o dia, olhou em direção aos promontórios, e na beira do mar, sob uma rocha negra, avistou uma imagem branca ali plantada. Ele pensou:

Aquilo certamente é uma estátua de um deus do mar. Vou chegar mais perto e ver que tipo de deuses estes bárbaros adoram.

Então, ele se aproximou, porém, quando chegou perto, viu que não era uma estátua, mas uma donzela em carne e osso. Conseguia ver suas madeixas esvoaçando com a brisa e, conforme se aproximava ainda mais, via que estava encolhida e tinha calafrios quando as ondas espirravam borrifos de sal gelado sobre ela. Seus braços estavam estendidos sobre a cabeça e acorrentados à rocha com grilhões de metal. Sua cabeça recaía sobre o peito, fosse por sono, por exaustão ou sofrimento.

---

13. Pequena montanha no Egito, próxima ao lago Bardawil, não devendo ser confundida com o monte Acra, também conhecido como monte Cásio, que fica na Síria.

Mas por vezes ela levantava o olhar e se lamentava, chamando por sua mãe. Mesmo assim, não via Perseu, pois ele vestia o elmo da escuridão.

Repleto de pena e indignação, Perseu se aproximou e observou a donzela. Suas bochechas eram mais escuras do que as dele, e seu cabelo era preto-azulado como um jacinto.

Jamais vi donzela tão formosa, pensou ele. *Não... jamais, em qualquer de nossas ilhas. Por certo é filha de um rei. Seria assim que os bárbaros tratam as filhas de seus reis? É encantadora demais para ter feito algo errado. Vou falar com ela.*

Removendo o elmo de sua cabeça, apareceu à vista dela. Ela gritou de medo e tentou esconder o rosto com os cabelos, pois não podia fazê-lo com as mãos. Perseu rogou:

— Não tema, bela donzela. Sou um heleno, e não um bárbaro. Que homens cruéis a acorrentaram? Antes de mais nada, eu a libertarei.

Ele puxou os grilhões, mas eram demasiado resistentes para sua força. Enquanto isso, ela rogava:

— Não me toque: fui amaldiçoada, oferecida como sacrifício aos deuses do mar. Eles o matarão se ousar me libertar.

— Deixe-me tentar — disse Perseu.

Desembainhando a harpe de sua coxa, cortou o metal como se fosse linho.

— Agora — continuou ele — você pertence a mim, e não a esses deuses do mar, sejam lá quem forem!

Mas ela apenas chamava pela mãe.

— Por que chama por sua mãe? Não é uma mãe de verdade, tendo abandonado-a aqui. Se um pássaro cai para fora do ninho, pertence ao homem que o salva. Se uma joia é jogada à beira de uma estrada, pertence àquele que ousar guardá-la e utilizá-la, assim como a guardarei e a utilizarei. Agora sei por que Palas Atena me enviou até aqui. Ela me enviou para reclamar o prêmio por meu esforço.

Perseu a segurava em seus braços, perguntando:

— Onde estão esses deuses do mar, tão cruéis e injustos, que condenam belas donzelas à morte? Carrego armas dos Imortais. Que meçam forças comigo! Mas diga-me, donzela, quem é você, e que destino sombrio a trouxe aqui.

— Sou a filha de Cefeu, rei de Jafa — respondeu ela, aos prantos —, e minha mãe é Cassiopeia, das mais belas tranças. Me chamam de Andrômeda desde que nasci. Estou acorrentada aqui, infeliz que sou, para servir de alimento ao monstro marinho e reparar o pecado de minha mãe. Pois ela um dia se vangloriou à minha custa, dizendo que eu era mais bela do que Atergatis, a rainha dos peixes. Então, em sua ira, ela enviou enchentes, e seu irmão, o rei do fogo, enviou terremotos, e destruiu estas terras. Após as enchentes, um monstro surgiu do lodaçal, devorador de todos os seres vivos. Agora ele deve me devorar, mesmo inocente que sou – eu, que jamais feri qualquer ser vivo e jamais deixei peixes morrerem na praia, sempre devolvendo-os ao mar e dando-lhes a vida. Pois em nossas terras não comemos peixes, por medo de Atergatis, sua rainha. Ainda assim, os sacerdotes dizem que apenas o meu sangue poderá reparar tal pecado que jamais cometi.

— Um monstro marinho? — desdenhou Perseu, rindo. — Já lutei contra seres piores. Eu enfrentaria até os Imortais por você, quem dirá por uma fera marinha!

Então, Andrômeda o fitou, e um novo fio de esperança se acendeu em seu peito, vendo como ele se mantinha orgulhoso e belo, com uma mão ao seu redor e a outra segurando a espada lustrosa. Mas ela apenas suspirou, e chorou ainda mais, dizendo:

— Por que tem de morrer, sendo tão jovem? Já não há morte e sofrimento suficientes no mundo? Minha morte seria nobre, pois salvaria a vida do povo todo. Mas você, melhor do que todos eles, por que tenho que matá-lo também? Vá, siga seu caminho. Devo seguir o meu.

— Não é como diz — replicou Perseu —, pois os deuses do Olimpo, a quem sirvo, são amigos dos heróis, e os ajudam a realizar atos nobres. Guiado por eles, abati a Górgona, a bela monstruosidade, e com eles cheguei até aqui, para abater esse monstro com a própria cabeça da Górgona. Esconda os olhos quando deixá-la, para que não veja e não se transforme em pedra também.

Mas a donzela não respondeu, pois não conseguia acreditar em suas palavras. E então, levantando o olhar de repente, ela apontou para o mar, e gritou:

— Lá vem ele, com o amanhecer, tal como prometeram. Devo morrer agora. Como vou suportar? Ó, vá agora! Já não é demasiado terrível ser dilacerada, sem você aqui a contemplar?

Ela tentou afastá-lo, mas ele disse:

— Eu vou. Mas me prometa uma coisa antes: que, se eu matar esta fera, será minha esposa, e retornará comigo ao meu próspero reino de Argos, pois sou herdeiro do rei. Prometa-me, e selemos o acordo com um beijo.

A donzela então levantou o rosto e o beijou. Perseu riu de alegria e alçou voo, enquanto Andrômeda se agachou sobre a rocha, trêmula, aguardando o que viria a ocorrer.

O grande monstro marinho se aproximou, flutuando como uma gigantesca galé negra, enfrentando preguiçosamente as marolas, parando de tempos em tempos perto da enseada ou do promontório para ouvir os risos das garotas estendendo roupas ao sol, ou o som do rebanho pisoteando as dunas, ou os garotos se banhando na praia. Seus enormes flancos eram orlados com conchas e algas agrupadas, e a água gorgolejava para dentro e para fora de suas amplas mandíbulas conforme ele se movia, pingando e brilhando sob os raios de sol da manhã.

Por fim, ele avistou Andrômeda e avançou para tomar sua presa, enquanto as ondas se tornavam espuma branca atrás de si, e à sua frente os peixes fugiam aos saltos.

Dos ares desceu Perseu como um meteoro, até as cristas das ondas, enquanto Andrômeda escondia seu rosto e ele vociferava. E então, o silêncio reinou por um momento.

Ela, enfim, levantou o olhar, trêmula, e viu Perseu saltando em sua direção. No lugar do monstro via apenas uma longa rocha negra, com o mar ondulando tranquilo ao redor.

Andrômeda se agachou sobre a rocha, trêmula, aguardando o que poderia acontecer

Não havia homem no mundo mais orgulhoso que Perseu ao saltar de volta à rocha, tomando sua bela Andrômeda nos braços e voando com ela até o topo do promontório, como um falcão carregando uma pomba.

Não havia homem mais orgulhoso do que Perseu, e não havia povo mais feliz do que o povo etíope.

Pois haviam observado a chegada do monstro ao promontório, lamentando o destino da donzela. Um mensageiro já havia sido enviado a Cefeu e Cassiopeia, que se sentavam sobre o chão, desolados e aos prantos, nos mais profundos recintos do palácio, aguardando o fim de sua filha. Eles se dirigiram ao promontório para ver o milagre, acompanhados por todo o povo da cidade, com música e dança, e címbalos e liras, e receberam de volta a filha como se houvesse ressuscitado dos mortos.

Então, Cefeu disse:

— Herói dos helenos, fique aqui conosco e seja meu genro, e te darei metade do meu reino.

— Serei seu genro — respondeu Perseu —, mas de seu reino não tomarei parte alguma, pois sinto falta das agradáveis terras da Grécia, e minha mãe lá me aguarda.

— Não leve minha filha de imediato — replicou Cefeu —, pois ela é para nós como uma morte que voltou à vida. Fique conosco por um ano e, depois, poderá retornar com honra.

Perseu consentiu, mas, antes de se dirigir ao palácio, pediu que o povo trouxesse pedras e madeira, e construiu três altares: um para Atena, um para Hermes e um para Zeus Pai, e ali realizou oferendas de bois e carneiros.

— Que homem devotado! — diziam alguns.

Mas os sacerdotes replicavam:

— A rainha do mar ficará ainda mais furiosa conosco, pois sua mãe foi morta.

Mas tinham medo de dizer isso em voz alta, pois temiam a cabeça da Górgona. Então, foram até o palácio, e, quando entraram no salão, lá se encontrava Fineu, irmão de Cefeu, impaciente como uma ursa que teve o filhote roubado. Com ele estavam seus filhos, seus criados e muitos soldados. Fineu disse a Cefeu:

— Não deve casar sua filha com este estranho, cujo nome mal conhecemos. Andrômeda não estava prometida ao meu filho? E agora que está a salvo, não tem ele o direito de desposá-la?

Perseu riu e respondeu:

— Se seu filho deseja uma esposa, que encontre uma donzela e a salve para si. Ainda assim, parece-me apenas um noivo desamparado. Abandonou a noiva à morte, então ela está morta para ele. Eu salvei a vida dela, então ela está viva para mim, e para mais ninguém. Que sujeito ingrato! Não salvei sua terra, e a vida de seus filhos e filhas, e é assim que me retribui? Vá, ou será pior para você.

Mas os soldados desembainharam suas espadas e avançaram sobre Perseu como feras selvagens.

Ele então exibiu a cabeça da Górgona e disse:

Conforme falava, Fineu e seus soldados pararam de modo abrupto

— Isto salvou minha noiva de uma fera selvagem, e da mesma maneira a salvará de muitas outras.

Conforme falava, Fineu e seus soldados pararam de modo abrupto e todos os homens congelaram onde estavam. Quando Perseu cobriu a face da Górgona com a pele de cabra, todos eles já haviam sido transformados em pedra.

Perseu então pediu aos cidadãos que trouxessem alavancas e os movessem dali. Não se sabe o que foi feito das estátuas após esse episódio.

Assim, fizeram um grande banquete de casamento, que durou sete dias inteiros, e não havia ninguém mais feliz do que Perseu e Andrômeda.

Mas na oitava noite, Perseu teve um sonho. Via Palas Atena ao seu lado, tal como a tinha visto em Sérifos, sete longos anos antes. Ela estava ali parada e o chamava pelo nome, dizendo:

— Perseu, você provou sua bravura, e veja, conquistou sua recompensa. Sabe agora que os deuses são justos e ajudam aqueles que se ajudam. Agora devolva-me a espada harpe, as sandálias e o elmo da escuridão, para que eu possa devolvê-los aos seus respectivos donos. Contudo, será possível ficar por mais um tempo com a cabeça da Górgona, pois precisará dela em sua terra na Grécia. Após isso, deverá colocá-la em meu templo em Sérifos, para que eu possa pendurá-la em meu escudo para sempre, um terror para os Titãs e monstros e para os inimigos dos deuses e dos homens. Quanto a esta terra, apaziguei o mar e o fogo, e não haverá mais inundações ou terremotos. Mas deixe que o povo construa altares ao Zeus Pai e a mim, e venerem os Imortais, os Senhores do céu e da terra.

Perseu entregou a ela a espada, o elmo e as sandálias, mas então acordou, e seu sonho se dissipou. Ainda assim, não havia sido um mero sonho, pois a pele de cabra com a cabeça estava no lugar, mas a espada, o elmo e as sandálias tinham desaparecido. Perseu nunca mais os viu de novo.

Uma grande admiração recaiu sobre Perseu, e ele saiu na manhã seguinte para contar seu sonho às pessoas, pedindo que construíssem altares a Zeus, o pai dos deuses e homens, e a Atena, que concede sabedoria aos heróis. Disse-lhes que não precisariam mais temer terremotos ou inundações e que poderiam semear e construir em paz. Assim o fizeram e prosperaram por algum tempo, mas, após a partida de Perseu, eles se esqueceram de Zeus e Atena, e voltaram a venerar a rainha Atergatis e o peixe imortal do lago sagrado, onde o dilúvio de Deucalião foi engolido e queimavam-se crianças perante o deus do fogo. Até que Zeus se enfureceu com aquele povo tolo e trouxe uma nação estrangeira vinda do Egito, que lutou contra eles e por fim os dizimou, e habitou suas cidades por centenas de anos.

› primeira história › Perseu

PARTE CINCO

Como Perseu voltou para casa

Quando um ano se passou, Perseu contratou fenícios da cidade de Tiro, cortou cedros e construiu para si uma nobre galé. Pintou as quilhas laterais de vermelho e banhou as laterais com piche. Nela embarcou Andrômeda, com todo o seu dote em joias, mantos requintados e especiarias do leste. Houve muitos prantos quando partiram a remo. Mas a lembrança de seu ato de bravura ficou, e o rochedo de Andrômeda era exibido em Jafa, na Palestina, por mais de mil anos.

Perseu e os fenícios remaram rumo ao oeste, atravessando o mar de Creta, até que chegaram ao azul mar Egeu e às agradáveis ilhas da Hélade e Sérifos, seu antigo lar.

Então, ele deixou a galé na praia e subiu como antigamente. Abraçou sua mãe e seu bom padrasto, Díctis, e choraram juntos por muito tempo, pois fazia mais de sete anos desde que tinham se encontrado pela última vez.

Em seguida, Perseu saiu, dirigindo-se ao salão de Polidecto. Sob a pele de cabra, levava a cabeça da Górgona.

Quando chegou ao salão, Polidecto estava sentado na ponta da mesa, com toda a nobreza e os donos de terras em ambos os lados, de acordo com a hierarquia de seus respectivos títulos, banqueteando-se com peixes e carne de carneiro e bebendo vinho vermelho-sangue. Os harpistas tocavam suas harpas, os foliões gritavam, os cálices de vinho tilintavam com alegria ao serem passados de mão em mão, e o barulho era intenso no salão de Polidecto.

Perseu então ficou na entrada e chamou o rei pelo nome. Mas nenhum dos convidados o conhecia, pois havia mudado muito durante os anos que passara em sua longa jornada. Era um menino quando partiu, e tinha retornado um herói. Seu olhar brilhava como o de uma águia, sua barba era como a juba de um leão, e ele mantinha a postura orgulhosa de um touro selvagem.

Mas o cruel Polidecto o conhecia, e seu coração havia ficado ainda mais severo. Ele chamou, com escárnio:

— Ah, o renegado! Achou mais fácil prometer do que cumprir?

— Aqueles que recebem ajuda dos deuses para cumprir suas promessas, e aqueles que os repudiam, colhem o que plantam. Contemplem a cabeça da Górgona!

Perseu então puxou a pele de cabra e segurou a cabeça da Górgona, suspensa.

Polidecto e seus convidados ficaram pálidos enquanto fitavam o rosto terrível. Tentaram se levantar de seus assentos, mas jamais o fizeram, cada homem endurecendo em seu lugar, em um círculo de pedras cinza e frias.

Então, Perseu deu meia-volta e os deixou, descendo até sua galé na baía. Ele deu o reino ao bom Díctis e navegou para longe com sua mãe e sua noiva.

Lá ficaram parados Polidecto e seus convidados, com os cálices diante deles na mesa, até que as vigas desmoronaram sobre suas cabeças, as paredes às suas costas, e as mesas se desfizeram entre eles, e a grama brotou ao redor de seus pés. Polidecto e seus convidados se sentam na encosta da colina, em um círculo de pedras cinzentas, até os dias de hoje.

Mas Perseu remou em direção oeste, rumo a Argos. Atracou e se dirigiu à cidade. Assim que chegou, descobriu que seu avô Acrísio, havia fugido. Pois Preto, seu cruel irmão, tinha recomeçado a guerrear contra ele. Quando atravessou o rio de Tirinto e conquistou Argos, Acrísio já havia fugido para Lárissa, o país dos selvagens Pelasgos.

Perseu então convocou os Argivos, cidadãos de Argos, e contou-lhes quem era e todos os nobres feitos que havia realizado. Todos os camponeses o nomearam rei, pois viram que tinha um coração régio. Lutaram ao seu lado contra Argos e a tomaram. Preto foi morto, e os ciclopes passaram a servi-los, construindo muralhas ao redor de Argos, como as que haviam construído em Tirinto. Festejou-se muito no vale de Argos, pois tinham obtido um rei vindo de Zeus Pai.

Mas Perseu sentia falta do avô em seu coração e disse:

— Com certeza ele é minha carne e sangue, e me amará agora que retornarei para casa com honra... Vou encontrá-lo e trazê-lo para casa, e reinaremos juntos em paz.

Perseu então partiu e navegou com seus fenícios, contornando a ilha de Hidra e o monte Sunião, passando por Maratona e a costa da Ática, pelo estreito de Euripo, e subindo o longo golfo Euboico, até chegar à cidade de Lárissa, onde habitavam os Pelasgos selvagens.

Quando chegou lá, todo o povo estava nos campos, e havia banquetes e todos os tipos de jogos. Isso porque seu rei Teutamo desejava homenagear Acrísio, pois era rei de uma grande terra.

Perseu não se apresentou, mas se dirigiu aos jogos desconhecidos, dizendo a si mesmo:

— Se eu levar o prêmio nos jogos, o coração de meu avô se suavizará para mim.

Então ele retirou seu elmo, a couraça e todas as roupas, e ficou entre os jovens de Lárissa, enquanto todos se maravilhavam, comentando:

— Quem é este jovem forasteiro, que se dispõe orgulhoso como um touro selvagem? Com certeza é um dos heróis, filhos dos Imortais, do monte Olimpo.

Ao iniciarem os jogos, ficaram ainda mais surpresos, pois Perseu era o melhor de todos, em corrida, saltos, lutas e em arremesso de lanças, tendo ganhado quatro coroas de louros. Ele as recebeu, e então disse a si mesmo:

— Há uma quinta coroa a ser recebida. Eu a obterei e colocarei todas elas sobre os joelhos de meu avô.

Conforme assim dizia, viu onde Acrísio estava sentado, ao lado do rei Teutamo, com sua barba branca esvoaçando sobre seus joelhos e o cetro real em sua mão. Perseu chorou quando o avistou, pois seu coração sentia falta de sua família, e disse:

— Certamente ele é um velho majestoso, mas não precisará se envergonhar do neto.

A morte do rei Acrísio

Ele então tomou as argolas e as lançou, onze metros além de todas as outras, e as pessoas gritavam:

— Mais além, bravo forasteiro! Jamais se viu um lançador como você nestas terras.

Assim, reuniu toda a sua força e arremessou. Mas um sopro do vento veio do mar e carregou a argola para o lado, e muito além de todas as outras, caindo sobre o pé de Acrísio e fazendo-o sucumbir de dor.

Perseu rasgou suas roupas, jogou poeira sobre a própria cabeça e chorou por muito tempo por seu avô. Por fim, levantou-se e chamou os cidadãos, dizendo:

— Os deuses são reais, e devo fazer o que me ordenaram. Sou Perseu, o neto deste falecido homem, o famoso matador da Górgona.

Então contou como a profecia havia declarado que ele deveria matar seu avô, e narrou toda a história de sua vida.

Todos viveram grande luto por Acrísio e queimaram-no em uma pira suntuosa. Perseu se dirigiu ao templo e foi purificado de sua culpa pela morte, pois ocorrera sem querer.

Ele, então, retornou a Argos, e lá reinou bem com sua bela Andrômeda. Tiveram quatro filhos e três filhas, e morreram em uma velhice tranquila.

Quando faleceram, dizem os antigos, Atena os recebeu no céu, com Cefeu e Cassiopeia, e ainda se pode vê-los brilhar nas estrelas da noite: Cefeu com sua majestosa coroa, Cassiopeia em sua cadeira de marfim fazendo suas luminosas tranças de estrelas, Perseu com a cabeça da Górgona, e a bela Andrômeda ao seu lado, abrindo seus longos e alvos braços através do céu, tal como quando estava acorrentada à pedra para o monstro. A noite toda eles lá brilham, como um farol para os navegantes, mas durante o dia eles se banqueteiam com os deuses, nos tranquilos picos azuis do Olimpo.

› segunda história › Os argonautas

PARTE UM

Como o centauro treinou os heróis no monte Pelion

Já contei a história de um herói que lutou contra feras e homens selvagens, mas agora trago um conto de heróis que navegaram até terras distantes para obter renome eterno, na aventura do Velocino de Ouro.

Para onde navegavam, minhas crianças, não sei dizer com certeza. Tudo aconteceu há muito tempo. Há tanto tempo que as memórias se enfraqueceram, como um sonho tido no ano passado. Tampouco sei dizer a razão pela qual foram. Alguns dizem que foi para obter ouro. Talvez tenha sido, porém, os atos mais nobres realizados no mundo não foram feitos por ouro. Não foi por ouro que o Senhor veio e morreu e os apóstolos saíram pregando as boas-novas por todos os lugares. Os espartanos não buscavam recompensas em dinheiro quando lutaram e morreram nas Termópilas. E o sábio Sócrates não pedia pagamentos de seus compatriotas, mas viveu pobre e descalço por todos os seus dias, visando apenas fazer o bem aos homens. Também há heróis nos dias de hoje, que realizam atos nobres, mas não por ouro. Nossos descobridores não foram enriquecer quando navegaram um após o outro pelos terríveis mares congelados. Tampouco as damas, que no ano passado partiram para a labuta nos hospitais do leste, empobrecendo-se, para que pudessem se enriquecer de trabalhos beneficentes. Tampouco os jovens – conhecidos de vocês, crianças, sendo alguns deles até seus familiares – disseram a si mesmos "Quanto receberei?" quando partiram para a guerra, deixando para trás riquezas, conforto, um lar agradável e tudo o que o dinheiro pode comprar, para enfrentar a fome e sede, os ferimentos e a morte, para que pudessem lutar por seu país e sua rainha. Não, crianças, no mundo há algo melhor do que riquezas, sendo melhor do que a vida em si: realizar algo antes de morrer, algo pelo qual homens bons o honrarão e Deus nosso Pai sorrirá ao ver suas obras.

Portanto, acreditaremos – por que não acreditar? – que esses mesmos argonautas da antiguidade eram homens nobres, que planejaram e realizaram um ato nobre, e que assim sua fama perdurou, sendo contada em histórias e em canções, misturadas, é claro, com sonhos e fábulas, mas verdadeiras em essência. Assim honraremos esses antigos argonautas e escutaremos suas histórias conforme as tivermos, e tentaremos ser como eles – cada um de nós em nosso próprio lugar –, pois cada um de nós tem um Velocino de Ouro a buscar e um mar bravo a atravessar nessa busca, e dragões a vencer antes que o alcancemos.

Mas o que era aquele primeiro Velocino de Ouro? Não sei dizer, tampouco me importo. Os antigos helenos diziam que estava pendurado na Cólquida[14], que hoje chamam de costa Circassiana, pregado a uma faia no bosque do deus da guerra, Ares. Diziam também ser a pele do deslumbrante carneiro que carregou Frixo e Hele através do mar Euxino, hoje o mar Negro. Pois Frixo e Hele eram filhos de uma Néfele, ou ninfa

14. Corresponde à atual porção ocidental da Geórgia.

das nuvens, e de Atamante, o rei mínio[15]. Quando a fome recaiu sobre seu território, a cruel madrasta, Ino, desejou matá-los, para que seus próprios filhos pudessem reinar. Dizia que deviam ser sacrificados sobre um altar, e o sacerdote estava a postos com seu punhal, quando surgiu das nuvens um carneiro de ouro, que os carregou em seu lombo e desapareceu. A loucura recaiu sobre o tolo rei Atamante, e sobre Ino e seus filhos recaiu a ruína. Atamante matou um deles em sua ira, mas Ino fugiu com o outro filho nos braços e saltou do penhasco no mar. Ela se transformou em um golfinho, como já viram, que vaga pelas ondas suspirando, pela eternidade, com seu filhote grudado ao seio.

Mas o povo depôs o rei Atamante, por ter matado o próprio filho. Ele vagava em sofrimento, até que chegou ao Oráculo de Delfos. O oráculo disse-lhe que deveria vagar por seu pecado até que as feras selvagens o recebessem como convidado para um banquete. Assim, ele prosseguiu faminto e infeliz por muitos dias exaustivos, até que avistou uma alcateia. Os lobos destroçavam uma ovelha, mas fugiram quando viram Atamante, e deixaram a ovelha para ele. O rei comeu tudo, e então soube que a profecia do oráculo havia se concretizado afinal. Então parou de vagar, mas se estabilizou, construiu uma cidade e se tornou rei novamente.

Mas o carneiro carregou as duas crianças para longe sobre terra e mar, até que chegou ao Quersoneso da Trácia[16], e lá Hele caiu no mar. Por isso, em homenagem a ela, aqueles delgados estreitos se chamam "Helesponto", e carregam esse nome até hoje.

O carneiro então continuou voando com Frixo rumo ao nordeste atravessando o mar que atualmente chamamos de mar Negro, mas os helenos o chamavam Euxino. Por fim, dizem que ele parou na Cólquida,

15. Mínios diz respeito ao povo de Orcomeno, na Beócia, não devendo ser confundidos com os minoicos.

16. Península de Galípoli.

na íngreme costa Circassiana, e lá Frixo se casou com Calcíope, a filha do rei Eetes. Ele ofereceu o carneiro em sacrifício e pregou a pele do carneiro em uma faia, no bosque de Ares, o deus da guerra.

Após algum tempo, Frixo morreu e foi enterrado, mas seu espírito não descansou em paz, pois havia sido sepultado longe de sua terra natal e das agradáveis colinas da Hélade. Então, ele aparecia nos sonhos dos heróis dos minoicos, e os chamava em seus leitos:

— Venham e libertem meu espírito, para que eu possa retornar ao meu lar e aos meus ancestrais, e às agradáveis terras minoicas.

— Como posso libertar seu espírito? — perguntavam eles.

— Devem navegar pelo mar da Cólquida e trazer de volta o velocino de ouro. Então, meu espírito retornará com ele, e descansarei com meus ancestrais.

Assim ele aparecia e os chamava com frequência, mas, quando acordavam, olhavam uns para os outros e diziam:

— Quem ousará navegar à Cólquida, ou trazer de volta o velocino de ouro?

No país todo não havia homem bravo o suficiente para tentar, pois o homem certo e a hora certa ainda não haviam chegado.

Frixo tinha um primo chamado Esão, que era rei de Iolcos, à beira-mar. Lá ele reinava sobre os ricos heróis minoicos, assim como seu tio Atamante reinava na Beócia. Também como Atamante, era um homem infeliz. Isso porque tinha um meio-irmão chamado Pélias, cujos rumores diziam ser filho de uma ninfa, e havia histórias sombrias e tristes a respeito de seu nascimento. Quando era bebê, foi abandonado nas montanhas, e uma égua selvagem apareceu e deu-lhe um coice. Mas um pastor que ali passava encontrou o bebê, com o rosto todo escuro pelo golpe, e o levou para casa. Chamou-o de Pélias, pois sua face estava escura e com hematomas. O menino cresceu destemido e irreverente, e praticava muitos atos terríveis. Por fim, expulsou Esão, seu meio-irmão, e seu próprio irmão Neleu, tomando o reino para si e reinando sobre os ricos heróis minoicos, em Iolcos, à beira-mar.

Quando foi expulso, Esão saiu da cidade, infeliz, de mãos dadas com seu filho. Ele dizia a si mesmo:

— Preciso esconder a criança nas montanhas, ou Pélias certamente a matará, por ser o herdeiro.

Então, subiu do mar e atravessou o vale, por vinhas e bosques de olivas e através do rio Anavros, em direção ao monte Pelion, a antiga montanha, cujo pico era branco, coberto pela neve.

Subiu a montanha, passando por pântanos, penhascos e adversidades, até que o menino ficou cansado e com machucados nos pés. Esão, então, teve que carregá-lo nos braços, até que chegou à entrada de uma caverna solitária, na base de um enorme penhasco.

Sobre o penhasco se penduravam sincelos de neve, pingando e estalando ao sol. Mas na base, ao redor da entrada da caverna, cresciam flores e ervas arranjadas em ordem, cada uma com seu tipo, como em um jardim. Lá elas cresciam diariamente com a luz do sol e as gotas que pingavam do alto. Ao mesmo tempo, de dentro da caverna vinham o som de música e o canto de um homem ao som da lira.

Esão então colocou o garoto no chão e sussurrou:

— Não tema, mas entre e coloque as mãos sobre os joelhos de quem quer que encontrar lá dentro, e diga: "Em nome de Zeus, pai dos deuses e homens, sou seu hóspede deste dia em diante".

O garoto então entrou sem vacilar, visto que também era filho de um herói. Mas, uma vez lá dentro, parou para escutar a canção mágica, maravilhado.

Lá avistou o cantor deitado sobre peles e galhos fragrantes: era Quíron, o centauro ancião, a criatura mais sábia sob o céu. Até a cintura era homem, mas abaixo da cintura era um nobre cavalo. Seus cabelos brancos recaíam em ondas sobre os ombros largos, e sua barba branca recaía sobre o amplo peito moreno. Seus olhos eram sábios e calmos, e sua testa era como a face de uma montanha.

Nas mãos segurava a lira de ouro, e a tocava com uma chave de ouro. Conforme tocava, cantava até que seus olhos brilhassem, e preenchia toda a caverna com luz.

Ele cantava sobre o nascimento do Tempo e sobre os céus e as estrelas dançantes, o oceano, a atmosfera, o fogo e a forma da maravilhosa Terra. Cantava sobre os tesouros das colinas, as joias escondidas das minas, veios de fogo e metal, as virtudes de todas as ervas medicinais, o discurso dos pássaros, profecias e mistérios futuros.

Em seguida cantou sobre saúde e força, virilidade e um coração valente. Cantou sobre música, caça e luta e todos os esportes amados pelos heróis. Viagens, guerras, cercos e uma morte honrada em batalha. Então cantou sobre paz e abundância, e justiça igualitária no país. Conforme cantava, o menino escutava de olhos arregalados, e se esqueceu de sua tarefa em meio à canção.

Por fim, o velho Quíron ficou em silêncio e chamou o garoto com uma voz suave.

O garoto correu até ele, trêmulo, e teria colocado as mãos sobre os joelhos, mas Quíron sorriu e disse:

— Chame seu pai, Esão, pois sei quem você é, e tudo o que se passou. Vi-os a distância no vale, mesmo antes de terem deixado a cidade.

Esão, então, entrou, triste, e Quíron perguntou-lhe:

— Por que não veio você mesmo até mim, Esão, o Eólio[17]?

— Pensei que Quíron teria pena do garoto se o visse só — respondeu Esão —, e quis testar sua coragem, e ver se ousaria agir como o

17. Pessoa da Tessália (Eólia).

filho de um herói. Mas agora te suplico, por Zeus Pai, deixe o menino ser seu hóspede até dias melhores e treine-o entre os filhos dos heróis, para que ele possa vingar a família de seu pai.

Quíron sorriu e puxou o garoto para si, colocando a mão sobre seus cachos dourados. Ele disse:

— Tem medo de meus cascos de cavalo, bom menino, ou será meu pupilo de hoje em diante?

— Adoraria ter cascos de cavalo como os seus, se pudesse cantar músicas tais como as suas.

Quíron riu e falou:

— Sente-se aqui perto de mim até o pôr do sol, quando seus companheiros retornarão, e aprenderá a ser rei assim como eles, digno de reinar sobre bravos homens.

Ele então se dirigiu a Esão, dizendo:

— Volte em paz e renda-se à tempestade como um homem prudente. Esse menino jamais cruzará o Anavros de novo até que se torne glória a você e à casa de Éolo.

Esão chorou por seu filho e partiu, mas o menino não derramou lágrimas, maravilhado que estava com aquela estranha caverna e com o centauro, sua canção e os companheiros que ainda viria a conhecer.

Quíron colocou a lira em suas mãos e o ensinou a tocá-la, até que o sol mergulhou por trás do penhasco, e ouviu-se um grito do lado de fora.

Chegaram, então, os filhos dos heróis: Eneias, Hércules e Peleu, e muitos outros nomes famosos.

O grande Quíron se levantou com entusiasmo, e o som de seus cascos ecoou na caverna, enquanto gritavam:

— Venha, pai Quíron, venha ver nossa caça!

— Eu matei dois cervos — bradou um deles.

— Eu abati um gato selvagem entre os penhascos — disse outro.

Hércules arrastava uma cabra selvagem atrás de si pelos chifres, pois ele era tão grande quanto uma montanha. Ceneu carregava um filhote de urso em cada braço e ria quando o aranhavam e mordiam, pois nem presas nem aço eram capazes de feri-lo.

Quíron elogiou todos, cada um de acordo com seu mérito.

Apenas um deles caminhava mais distante e quieto: Asclépio, o garoto demasiado sábio, com o peito repleto de ervas e flores e uma serpente manchada enrolada no pulso. Veio cabisbaixo até Quíron e contou em voz baixa como havia assistido à cobra trocar de pele, tornando-se novamente jovem bem diante de seus olhos, e como tinha descido até o vilarejo no vale e curado um moribundo com uma erva que havia visto uma cabra doente comer.

Quíron sorriu e disse:

— Atena e Apolo concedem algum tipo de dom a cada um, e cada um é digno de estar aqui. Mas a este garoto deram uma honra maior do que qualquer outra: a de curar enquanto os outros matam.

Então, os rapazes trouxeram lenha e a cortaram, e acenderam um fogo flamejante. Outros despelaram os cervos e os esquartejaram, colocando-os para assar no fogo. Enquanto a carne assava, eles se banharam na torrente de neve derretida e se limparam da poeira e do suor.

Depois disso, todos comeram até não poderem mais – pois não tinham comido nada desde o amanhecer – e beberam das águas cristalinas da nascente, vez que vinho não é apropriado para rapazes em desenvolvimento. Quando as sobras foram guardadas, todos se deitaram sobre peles e folhas ao redor do fogo e se revezaram à lira, cantando e tocando com todo o coração.

Após algum tempo, todos eles se dirigiram a um lote de grama na entrada da caverna e lá praticaram pancrácio, corrida, luta, e riram até que as pedras caíram do penhasco.

Quíron então tomou sua lira, e os rapazes deram as mãos. Conforme tocava, eles dançavam de acordo com o ritmo, para dentro e para fora, e rodopiando sem parar. Lá dançaram de mãos dadas até que a noite caiu sobre a terra e o mar, enquanto o vale escuro brilhava com os membros longos e alvos dos rapazes e o reluzir de seus cabelos dourados.

O garoto dançou com eles, maravilhado, e então dormiu um sono salutar sobre fragrantes folhas de louro, murta, manjerona e flores de tomilho. Ele se levantou ao amanhecer, banhou-se na torrente e se tornou um condiscípulo dos filhos dos heróis, e se esqueceu de Iolcos, de seu pai e de toda a sua vida antiga. Mas cresceu forte, destemido e astuto, sobre os agradáveis declives do monte Pelion, no ar vivaz e ambicioso da montanha. Aprendeu a combater, a lutar pancrácio, a caçar e a tocar lira. Em seguida, aprendeu a montar, pois o velho Quíron costumava colocá-lo sobre seu lombo. Também aprendeu as virtudes de todas as ervas e como curar todos os ferimentos. Quíron o chamou de Jasão, o curandeiro, e esse é seu nome até hoje.

Conforme tocava, eles dançavam de acordo com o ritmo

› segunda história › Os argonautas

PARTE DOIS

Como Jasão perdeu a sandália no rio Anavros

Dez anos se passaram, e Jasão cresceu e se tornou um homem robusto. Alguns de seus companheiros haviam partido, e outros cresciam ao seu lado. Asclépio tinha partido pelo Peloponeso para realizar suas curas milagrosas nos homens, e alguns dizem que costumava trazer os mortos de volta à vida. Hércules havia seguido para Tebas, para cumprir aqueles famosos trabalhos que se tornaram proverbiais entre os homens. Peleu casara-se com uma Nereida, e seu casamento é famoso até hoje. Eneias havia retornado ao lar em Troia, e vocês lerão muitos contos nobres sobre ele e sobre todos os outros bravos heróis, os discípulos de Quíron, o justo. Certo dia, Jasão estava na montanha, olhando o norte e o sul, o leste e o oeste, e Quíron estava ao seu lado e o observava, pois sabia que o momento havia chegado.

Jasão avistou as planícies da Tessália onde os Lápitas criavam seus cavalos, e o lago de Boebe e o regato que corre rumo ao norte até Peneu e Tempe. Olhou para o norte e avistou a encosta da montanha que guarda a costa da Magnésia, o monte Olimpo, trono dos Imortais, o monte Ossa e o monte Pelion, onde ele se encontrava. Em seguida, olhou para o leste e avistou o mar azul e reluzente, estendendo-se ao infinito em direção ao amanhecer. Então olhou para o sul e viu uma terra agradável, com cidades de muros brancos e fazendas, aninhadas por toda a costa de uma baía continental, onde a fumaça subia azulada entre as árvores. Sabia ser o golfo Pagasético, as ricas planícies de Haemonia e Iolcos, à beira-mar.

Ele então suspirou e perguntou:

— É verdade o que os heróis me contaram? Que sou herdeiro daquelas belas terras?

— E que benefício isso traria, Jasão? Caso fosse o herdeiro de tais belas terras?

— Eu as tomaria e as manteria para mim.

— Um homem forte as tomou e as manteve por muito tempo. É mais forte que Pélias, o terrível?

— Posso medir minha força com a dele — respondeu Jasão.

Mas Quíron suspirou e alertou:

— Você tem muitos perigos a enfrentar antes de reinar em Iolcos, à beira-mar. Muitos perigos e muitos tormentos, e atribulações estranhas em terras estranhas, tais como homem algum jamais viu.

— Mais feliz serei eu em poder ver o que homem algum jamais viu — disse Jasão.

Quíron suspirou novamente e respondeu:

— O filhote de águia deve deixar o ninho quando estiver empenado. Partirá a Iolcos, à beira-mar? Então prometa-me duas coisas antes de partir.

Jasão prometeu, e Quíron continuou:

— Não seja rude com as almas que, porventura, encontrar, e mantenha a palavra que sair de sua boca.

Jasão se perguntou por que Quíron pedira isso a ele, mas sabia que o centauro era um profeta e via as coisas muito antes de que acontecessem. Então, prometeu e saltitou montanha abaixo para encarar sua sorte como homem.

Desceu entre os arbustos cerrados e através dos prados de tomilho, até que chegou aos muros das vinhas, às romãs e às olivas no vale. Entre as olivas rugia o rio Anavros, repleto de espuma de um dilúvio de verão.

À margem havia uma mulher sentada, repleta de rugas, grisalha e velha. Sua cabeça tremia paralisada sobre seu tronco, e suas mãos tremiam paralisadas sobre os joelhos. Quando avistou Jasão, lamentou-se:

— Quem me ajudará a atravessar a corrente?

Jasão era ousado e impulsivo, e estava prestes a saltar para dentro do rio. Mesmo assim, pensou duas vezes antes de pular, pois a torrente rugia muito alto, toda marrom, pelas chuvas da montanha, e com veios prateados da neve que derretia. Ao mesmo tempo, sob a superfície, podia escutar as pedras tamborilando como o trotar dos cavaleiros, ou como rodas a girar, enquanto rolavam pelo canal estreito, balançando as rochas sobre as quais ele se encontrava.

Porém, a velha se lamentou mais:

— Sou fraca e velha, belo jovem. Pela glória de Hera, me carregue através da torrente.

Jasão ia responder com desdém, quando as palavras de Quíron lhe vieram à mente. Então, ele disse:

— Pela glória de Hera, a rainha dos Imortais no Olimpo, eu a carregarei até o outro lado da torrente, a não ser que ambos nos afoguemos no meio do caminho.

Então, a velha senhora saltou sobre suas costas, tão ágil quanto uma cabra. Jasão entrou com cuidado, hesitante, e no primeiro passo afundou até os joelhos.

O primeiro passo afundou até os joelhos, e o segundo passo até a cintura. As pedras rolavam sob seus pés, e seus pés escorregavam sobre as pedras, e assim seguiu cambaleando, ofegante, enquanto a velha gritava sobre suas costas:

— Tolo! Molhou meu manto! Pobres almas velhas como a minha são um jogo para você?

Jasão pensou em largá-la e deixá-la atravessar a torrente sozinha. Mas as palavras de Quíron ressoavam em sua mente, e ele apenas disse:

— Tenha paciência, senhora. Mesmo o melhor cavalo tropeçará um dia.

Por fim, cambaleou até a outra margem e a deixou sobre a beira. E havia de ter sido um homem forte, ou jamais teria atravessado águas furiosas como aquelas.

Ele ficou ali arquejando à margem por algum tempo, e então saiu para continuar sua jornada. Mas lançou um olhar à velha:

Ela deveria me agradecer pelo menos uma vez, pensou ele.

Enquanto a fitava, a velha se tornou a mais formosa entre as mulheres, e mais alta do que qualquer homem na Terra. Suas vestes brilhavam como o mar de verão, e suas joias como as estrelas no céu. Sobre a testa usava um véu tecido das nuvens douradas do pôr do sol, e por trás do véu ela o olhava de cima, com olhos grandes e calmos como os de um bezerro. Olhos grandes, calmos e impressionantes, que preenchiam todo o vale com sua luz.

Jasão caiu de joelhos e cobriu o rosto com as mãos. Ela, então, revelou:

— Sou Hera, a rainha do Olimpo e esposa de Zeus. Tal como me tratou, eu o tratarei. Me chame em momento de apuro, e veja se os Imortais se esquecem.

Quando Jasão levantou o olhar, ela ascendeu sobre a terra, como uma coluna de nuvens brancas, e flutuou para longe através dos picos das montanhas, rumo ao Olimpo, o monte sagrado. Um grande temor se apoderou de Jasão, mas após algum tempo seu coração ficou leve. Deu graças ao velho Quíron, e disse:

— Não há dúvidas de que o centauro é um profeta e adivinhou o que se passaria quando me pediu que jurasse não ser rude com qualquer alma que encontrasse pelo caminho.

Assim, desceu rumo a Iolcos, e enquanto caminhava descobriu que havia perdido uma de suas sandálias na torrente.

Conforme andava pelas ruas, as pessoas saíam para olhá-lo, alto e belo como era. Mas alguns anciãos sussurravam entre si. Por fim, um deles o abordou, dizendo:

— Belo rapaz, quem é você, e de onde vem? E qual é o seu assunto na cidade?

— Meu nome, bom senhor, é Jasão, e venho do topo do monte Pelion. Meu assunto é com Pélias, seu rei. Diga-me onde fica seu palácio.

Mas o velho hesitou e empalideceu, e disse:

— Não conhece o oráculo, meu jovem, para caminhar assim de modo tão imprudente pela cidade, calçando apenas uma sandália?

— Sou um forasteiro aqui, e não conheço oráculo algum. Mas o que tem minha sandália? Perdi a outra no Anavros, enquanto enfrentava o dilúvio.

O velho então lançou um olhar a seus companheiros, e um deles suspirou. Outro sorriu. Por fim, o velho explicou:

— Vou te contar, para que não siga desavisado rumo à sua própria ruína. O oráculo em Delfos disse que um homem calçando uma única sandália tomaria o reino de Pélias e o manteria para si. Logo, tenha cuidado ao se dirigir ao palácio, pois Pélias é um dos reis mais impiedosos e astutos.

Jasão gargalhou, orgulhoso como um cavalo de guerra.

— Boas notícias, meu bom senhor, para o senhor e para mim. Pois essa é a precisa razão de minha vinda à cidade.

Assim, caminhou em direção ao palácio de Pélias, enquanto todo o povo se impressionava com sua atitude.

Jasão parou à porta e bradou:

— Saia, saia, Pélias, o valente, e lute por seu reino como um homem.

Pélias saiu, surpreso:

— Quem é você, jovem audacioso? — bradou ele.

— Sou Jasão, filho de Esão, herdeiro deste reino todo.

Pélias levantou as mãos e o olhar, e chorou – ou parecia chorar –, agradecendo aos céus por terem trazido seu sobrinho de volta para ele, para nunca mais partir.

— Pois tenho apenas três filhas, e filho algum para ser meu herdeiro — disse ele. — Será meu herdeiro, então, e governará o reino após a minha morte, e desposará uma de minhas filhas à sua escolha. No entanto, verá que este reino é um reino triste, e quem quer que o governe será um homem miserável. Mas entre, entre e banqueteie-se!

Ele fez com que Jasão entrasse, quisesse ele ou não, e falou-lhe de modo tão amável e o alimentou tão bem que a fúria de Jasão passou. Após o jantar, suas três primas compareceram ao salão, e Jasão pensou que bem que gostaria de ter uma delas como esposa.

Mas, por fim, se dirigiu a Pélias:

— Por que está tão triste, meu tio? E o que quis dizer há pouco, quando disse que era um reino infeliz, e que seu governante seria um homem miserável?

Pélias dava suspiros profundos, um após o outro, como um homem que tinha uma história terrível a contar, mas receava começar. Até que, enfim, falou:

— Por sete longos anos e até mais, não tenho tido uma noite tranquila. E o homem que me suceder tampouco terá, até que o velocino de ouro seja recuperado.

Contou a Jasão história de Frixo e do velocino de ouro. Contou também que o espírito de Frixo o atormentava, chamando-o dia e noite – o que era mentira. Suas filhas vieram e contaram a mesma mentira, pois seu pai lhes havia ensinado suas respectivas partes, e choraram, dizendo:

— Ó, quem trará de volta o velocino de ouro, para que o espírito de nosso tio possa descansar e para que nós também possamos descansar; nós, a quem ele jamais deixa dormir em paz?

Jasão ficou sentado por algum tempo, melancólico e quieto, pois já tinha ouvido muito do velocino de ouro. Mas ele via a questão como uma causa perdida e impossível para qualquer mortal.

Mas quando Pélias o viu tão quieto, começou a falar de outros assuntos, cortejando Jasão cada vez mais, falando com ele como se fosse ser seu herdeiro com certeza, e pedindo conselhos a respeito do reino. Até que Jasão, que era jovem e simplório, não conseguiu evitar pensar consigo mesmo:

Por certo não é o homem sombrio tal como as pessoas dizem. Ainda assim, por que expulsou meu pai?

Então, perguntou a Pélias com ousadia:

— O povo diz que o senhor é terrível, um homem sanguinário. Mas penso que é um homem gentil e acolhedor. Assim como me trata, hei de tratá-lo. Mas por que expulsou meu pai?

Pélias sorriu e suspirou:

— O povo me critica por isso, assim como por tudo. Seu pai estava ficando velho e cansado, e me cedeu o reino por sua própria vontade. Verá ele amanhã, e poderá perguntar-lhe em pessoa. Ele dirá o mesmo que lhe digo.

O coração de Jasão saltou dentro dele quando ouviu que veria o pai. Ele acreditava em tudo o que Pélias dizia, esquecendo-se de que seu pai talvez não ousasse dizer a verdade.

— Há mais uma questão a respeito da qual preciso de seu conselho — alertou Pélias. — Pois, embora seja jovem, vejo em você sabedoria além de sua idade. Tenho um vizinho, a quem odeio mais do que todos os homens da Terra. Sou mais forte do que ele agora, e posso controlá-lo: mas sei que, se ele permanecer entre nós, será minha ruína ao final. Pode traçar um plano para mim, Jasão, com o qual possa me livrar de tal homem?

Por que está tão triste, meu tio?

Após algum tempo, Jasão respondeu, rindo um pouco:

— Em seu lugar, eu o enviaria em busca daquele mesmo velocino de ouro, pois, se ele partir para buscá-lo, você jamais seria incomodado por ele novamente.

Ao ouvir tais palavras, um sorriso amargo cruzou os lábios de Pélias, e houve um lampejo de felicidade cruel em seus olhos. Jasão percebeu e estremeceu. Em sua mente ressoou o aviso do velho, e sua única sandália, e o oráculo. Então viu que havia caído em uma armadilha.

Mas Pélias apenas respondeu com gentileza:

— Meu jovem, ele será enviado.

— Quer dizer, eu? — disse Jasão, levantando-se. — Por ter vindo até aqui com apenas uma sandália?

Ele ergueu os punhos, furioso, enquanto Pélias se levantava em sua direção como um lobo comedido. Era difícil de dizer quem dos dois seria mais forte ou bruto.

Mas após um momento, Pélias disse, com calma:

— Por que está se precipitando, então, meu jovem? Você, e não eu, disse o que disse. Por que me culpa pelo que não fiz? Se tivesse me dito para amar meu inimigo e torná-lo meu genro e herdeiro, eu teria obedecido. E caso lhe obedeça agora, e envie o homem para obter fama imortal para si? Não te feri, ou a ele. Sei de pelo menos uma coisa: que ele irá, e com prazer. Pois carrega o coração de um herói dentro dele. Ama a glória e se recusa a quebrar sua palavra.

Jasão viu que havia sido encurralado. Mas sua segunda promessa a Quíron lhe veio à mente.

E se o centauro também tivesse previsto isso, e quisesse que eu conquistasse o velocino?, pensou ele.

Então, disse em voz alta:

— Falou bem, meu tio astuto! Amo a glória e ouso manter minha palavra. Partirei em busca do velocino de ouro. Prometa-me algo em troca e mantenha sua palavra tal como manterei a minha: trate meu pai com amor enquanto eu estiver fora, pela glória de Zeus, que tudo vê, e ceda-me o reino no dia em que retornar com o velocino de ouro.

Pélias o fitou e quase se afeiçoou dele, em meio a tanto ódio.

— Prometo e cumprirei minha promessa. Não será humilhação ceder o trono ao homem que obtiver o velocino — disse Pélias.

Assim, fizeram um grande juramento um ao outro, e em seguida ambos entraram e se deitaram para dormir.

Mas Jasão não conseguia adormecer, pensando em seu grande juramento e em como ele o cumpriria, sozinho, sem fortuna ou amigos. Permaneceu inquieto por muito tempo sobre a cama, e pensou em um plano ou outro. Às vezes, Frixo parecia chamá-lo, com uma voz fina, fraca e baixa, como se viesse de muito longe, além do mar:

— Deixe-me voltar para a casa dos meus ancestrais e descansar.

Por vezes, parecia ver os olhos de Hera e ouvir suas palavras de novo:

— Me chame em momento de apuro, e veja se os Imortais se esquecem.

Na manhã seguinte, ele se dirigiu a Pélias, dizendo:

— Dê-me uma vítima em sacrifício a Hera.

Ele então ofereceu o sacrifício, e ao permanecer no altar, Hera enviou um pensamento à sua mente. Voltou para conversar com Pélias e avisou:

— Se for realmente genuíno, dê-me dois mensageiros, para que se dirijam a todos os príncipes dos minoicos que tenham sido pupilos do centauro comigo, para que possamos embarcar em um navio juntos e encarar o que houver de ser.

Pélias elogiou sua sabedoria e se apressou a enviar dois mensageiros. Pois ele dizia em seu coração:

Deixe todos os príncipes irem com ele, para, assim como ele, jamais retornarem. Assim reinarei sobre todos os minoicos e me tornarei o maior rei na Hélade.

› segunda história › Os argonautas

PARTE TRÊS

Como construíram o navio Argo em Iolcos

Assim, os mensageiros foram enviados e chamaram todos os heróis dos minoicos:

— Quem ousará se juntar à aventura do velocino de ouro?

Hera tocou o coração dos príncipes, e eles vieram de seus vales às areias amareladas de Pagasas. Primeiro, compareceu o poderoso Hércules, com sua pele de leão e sua maça. Logo atrás, vinha seu jovem escudeiro, Hilas, carregando seu arco e flechas. Vieram também o habilidoso timoneiro Tífis; Butes, o mais formoso entre os homens; os gêmeos Castor e Pólux, filhos do cisne mágico; Ceneu, o mais forte dos mortais, a quem os centauros tentaram matar, em vão, malhando-o com troncos de pinheiros, e mesmo assim ele não morreu. Também vieram Zetes e Calais, os filhos alados de Bóreas, o vento norte; Peleu, pai de Aquiles, cuja noiva era Tétis de pés de prata, a deusa do mar. Ainda vieram Télamo e Ileu, os pais dos dois Ájax[18] que lutaram nas

18. Ájax, o Grande, filho de Télamo; e Ájax, o Menor, filho de Ileu.

planícies de Troia; Mopso, o sábio profeta que conhecia a língua dos pássaros; Idmon, a quem Febo Apolo agraciou com o dom de profetizar o futuro; Anceu, que podia ler as estrelas e conhecia todos os círculos dos céus; e Argos, o famoso construtor de navios, entre muitos outros heróis, com seus elmos de latão e ouro, ornados com altas cristas de crina de cavalo tingidas, mantos de linho bordados sob suas armaduras e grevas de estanho para proteger os joelhos em combate. Cada homem levava seu escudo sobre o ombro, sobre muitas camadas de couro de touro enrijecido, e sua espada de bronze temperado no cinto rebitado com prata, assim como um par de lanças na mão direita, feitas de varas grossas e claras.

Assim compareceram a Iolcos, e toda a cidade veio recebê-los, não se cansando de contemplar a altura, a beleza, a conduta elegante e o brilho de suas armaduras ornadas. Alguns diziam:

— Jamais se viu tal reunião de heróis desde que os helenos conquistaram estas terras.

Mas as mulheres suspiravam por eles, e cochichavam:

— Ai deles! Estão partindo rumo à morte!

Eles então derrubaram os pinheiros no monte Pelion e os esculpiram com o machado, e Argo lhes ensinou a construir uma galé, a primeira embarcação longa a navegar os mares. Eles a permearam com cinquenta remos – um para cada herói da tripulação –, a banharam com piche preto como carvão e pintaram sua proa em carmim. Nomearam-na Argo em homenagem a Argo, o construtor, e trabalharam nela o dia todo. À noite, Pélias os recebeu para um banquete digno de reis, e eles dormiram no terraço do palácio.

Mas Jasão partiu rumo ao norte, à terra da Trácia, até que encontrou Orfeu, príncipe dos menestréis, que habitava em sua caverna sob as montanhas Ródope, em meio às tribos selvagens Cicones. Então, ele pediu:

— Deixe suas montanhas, Orfeu, meu velho colega de treinamento, e atravesse o rio Struma comigo mais uma vez, para navegar com os heróis dos minoicos e trazer de volta o velocino de ouro. Não viria conosco e encantaria para nós todos os homens e monstros com sua lira mágica e sua música?

Orfeu então suspirou:

— Já tive tormentos e jornadas cansativas o suficiente, em lugares distantes, desde que vivi na caverna de Quíron, sobre Iolcos, à beira-mar. Vã é a habilidade e a voz que minha deusa-mãe me concedeu. Em vão trabalhei e cantei. Em vão desci até os mortos e encantei os reis de Hades, para salvar minha noiva Eurídice. Pois uma vez salva minha amada, a perdi novamente no mesmo dia, e vaguei para longe em minha loucura, mesmo para o Egito e as areias da Líbia, e as ilhas de todos os mares, estimulado pela terrível dor, enquanto encantava em vão o coração dos homens, as feras selvagens da floresta, as árvores, as pedras inertes, com minha lira mágica e minha música, providenciando descanso e recebendo exaustão. Mas por fim, Calíope, minha mãe, guiou-me e trouxe-me de volta ao lar em paz. Agora vivo só, aqui nesta caverna, entre as tribos selvagens Cicones, acalmando os corações ariscos com música e as boas leis de Zeus. E agora devo partir de novo aos confins da Terra, para muito longe, adentrando o nevoeiro sombrio, até a última onda de todo o Mar do Leste. Mas o que já está fadado à ruína assim será, e o pedido de um amigo deve ser atendido. Pois as filhas de Zeus são orações, e quem as honra, honra a ele.

Orfeu então se levantou, suspirando. Apanhou sua lira e foi até o rio Struma. Guiou Jasão até o sudoeste, sobre as margens do rio Haliácmon e pelos relevos do monte Pindo, até Dodona, a cidade de Zeus, à beira do lago sagrado em cuja fonte brotava fogo, na escuridão da antiga floresta de carvalhos, sob a montanha das cem nascentes.

Guiou-o até o carvalho sagrado, onde a pomba negra se estabeleceu na antiguidade e foi transformada em sacerdotisa de Zeus, concedendo oráculos a todas as nações. Pediu-lhe que cortasse um galho e o oferecesse a Hera e a Zeus. Eles levaram o galho até Iolcos e o pregaram ao bico da embarcação.

Enfim a galé estava pronta, e eles tentaram lançá-la ao mar, mas era demasiado pesada para ser movida, e sua quilha se enterrou fundo na areia. Então os heróis trocaram olhares, envergonhados; no entanto, Jasão disse:

— Vamos pedir ao galho mágico. Talvez possa nos ajudar com esse apuro.

Uma voz, então, surgiu do galho. Jasão ouviu as palavras que ela dizia e pediu para que Orfeu tocasse a lira, enquanto os heróis aguardavam, segurando os troncos de pinheiro sobre os quais a embarcação rolava, para ajudá-la chegar ao mar.

Orfeu tomou sua lira e iniciou sua canção mágica:

— *Como é doce velejar pelas correntes, e saltar de onda em onda, enquanto os ventos cantam com alegria nas cordas, e os remos cortam velozes entres as espumas! Como é doce atravessar o oceano, e ver cidades novas e terras maravilhosas, e retornar ao lar com tesouros, e obter fama imortal!*

Argo, a boa galé, escutou-o e desejou partir para longe no mar. Ela girou cada tábua, impulsionou cada eixo e saltou da areia aos troncos de pinheiro, mergulhando à frente como um cavalo elegante. Os heróis colocaram mais troncos de pinheiro em seu caminho, até que ela rolou com rapidez até o mar sussurrante.

Em seguida, abasteceram-na bem com comida e água, puxaram as escadas a bordo e se fixaram, cada homem com seu remo, mantendo o tempo da remada conforme a lira de Orfeu. E assim partiram remando através da baía rumo ao sul, enquanto as pessoas se ajuntavam nos promontórios – mulheres chorando e homens gritando, ao verem a partida daquela primorosa tripulação.

› segunda história › Os argonautas

PARTE QUATRO

Como os argonautas navegaram até a Cólquida

O QUE ACONTECEU A SEGUIR, caras crianças, seja verdade ou não, está escrito em canções antigas, que vocês lerão por si próprios algum dia. São canções imponentes e antigas, escritas em versos líricos imponentes e antigos, e são chamadas de "canções de Orfeu", ou "cantos órficos", até hoje. Eles contam como os heróis chegaram a Afetes[19], do outro lado da baía, e esperaram pelo vento sudoeste, tendo eles mesmos escolhido um capitão da tripulação: todos clamavam por Hércules, por ser o maior e mais forte, porém, Hércules recusou, clamando por Jasão, por ser o mais sábio entre eles. Então, Jasão foi nomeado capitão, e Orfeu juntou uma pilha de lenha e abateu um touro, oferecendo o sacrifício a Hera e chamando todos os heróis a se juntarem ao redor, cada um coroado com olivas, e fincarem suas espadas no touro. Em seguida, encheu um cálice de ouro com o sangue do animal e com farinha, mel, vinho e a amarga e salgada água do mar, e pediu para que

19. Na Grécia antiga, era um porto da Magnésia, na Antiga Tessália.

todos os heróis libassem. Assim, cada um bebeu do cálice e o passou, fazendo um juramento admirável: juraram perante o sol, a noite e todo o mar azul que move a Terra, que ficariam ao lado de Jasão, fielmente, na aventura do velocino de ouro; e quem desistisse, ou desobedecesse, ou traísse o juramento, seria punido com a justiça e as Erínias que perseguem homens culpados.

Depois, Jasão ateou fogo na pilha, queimando a carcaça do touro. Todos entraram no navio e navegaram rumo ao leste, como homens com um trabalho a cumprir, e o lugar para onde foram passou a se chamar Afetes, o porto, daquele dia em diante. Eles partiram em sua jornada às terras desconhecidas do leste há mais de três mil anos, e muitas nações surgiram e desapareceram desde então; muitas tempestades varreram a Terra; e muitas vigorosas frotas armamentistas inglesas, francesas, turcas e russas – que fariam Argo parecer apenas um barquinho – navegaram naquelas águas desde então; e ainda assim a fama do pequeno Argo vive pela eternidade, e seu nome se tornou um provérbio entre os homens.

Assim navegaram, passando a ilha Escíato, com o promontório de Sepias à esquerda, e viraram para o norte em direção ao monte Pelion, subindo a costa Magnésia. À direita, havia o mar aberto, e à esquerda se plantava o antigo Pelion, enquanto as nuvens se arrastavam ao redor de suas florestas de pinheiros negros e seu topo com neve de verão. O coração deles sentia falta da querida velha montanha conforme eles se lembravam dos dias agradáveis de outrora, e dos esportes de sua juventude, as caçadas, as lições na caverna sob o penhasco. Por fim, Peleu disse:

— Atraquemos aqui, amigos, e vamos escalar a velha colina mais uma vez. Partimos em uma jornada temível... quem sabe se voltaremos a ver o Pelion outra vez? Vamos subir até nosso mestre Quíron e pedir sua bênção antes de iniciar a jornada. Tenho um menino, também, aos cuidados dele, a quem treina como um dia me treinou. O filho que Tétis me concedeu, a dama do mar de pés de prata, que capturei em uma caverna, e domei, embora tenha mudado de forma sete vezes. Pois a segurei conforme se transformava em água, em vapor, em chamas, em pedra, em um leão de juba preta e em uma árvore alta e imponente. Eu a segurei e não a soltei jamais, até que ela retomou sua forma original, e a levei à casa de meu pai, e a conquistei como minha noiva. Todos os deuses do Olimpo vieram ao nosso casamento, e os céus e a Terra regozijaram juntos quando uma imortal se casou com um mortal. E agora deixem que eu veja meu filho, pois o verei muito pouco sobre a Terra: ele será famoso, mas viverá pouco e morrerá na flor da idade.

Então, Tífis, o timoneiro, conduziu-os à praia sob os penhascos do Pelion, e eles subiram em meio às florestas de pinheiros negros, rumo à caverna do centauro. Entraram no salão obscuro, sob o penhasco coroado com neve, e viram o grande centauro deitado, com seus enormes membros esticados sobre uma rocha, e ao seu lado estava Aquiles, o menino que aço algum podia ferir. Ele tocava lira docemente, enquanto Quíron observava, sorrindo.

Quíron então se levantou em um salto e lhes deu as boas-vindas, beijando cada um deles. Preparou-lhes um banquete, de carne de porco e veado, e bom vinho, e Aquiles lhes serviu, carregando o cálice dourado. Após a refeição, os heróis bateram palmas e pediram que Orfeu cantasse, mas ele se recusou, dizendo:

— Como poderia eu, o mais novo, cantar perante nosso antigo anfitrião?

Então pediram que Quíron cantasse, e Aquiles lhe trouxe sua lira. Ele começou uma canção magnífica, uma famosa história da antiguidade, da luta entre os centauros e os Lápitas, que vocês ainda podem ver esculpidas em pedras nos Mármores de Elgin. Cantou sobre como seus irmãos vieram à ruína por sua tolice, quando estavam loucos pelo vinho, e como eles e os heróis lutaram – com punhos, dentes e os cálices dos quais bebiam –, e como derrubaram pinheiros em sua fúria e lançaram enormes pedregulhos enquanto as montanhas estrondeavam com a batalha e a terra era amplamente destruída. Até que os Lápitas os afugentaram de seus lares nas ricas planícies da Tessália, para os penhascos solitários do monte Pindo, deixando Quíron sozinho. Os heróis aclamaram sua música com cordialidade, pois alguns deles haviam participado daquela grande luta.

Orfeu então tomou a lira e cantou sobre o Caos e a criação do magnífico Mundo, e como todas as coisas nasceram do Amor, que não podia viver sozinho no Abismo. Conforme cantava, sua voz subia pela caverna, sobre as pedras, pelas copas das árvores e as planícies de carvalho e pinheiro. As árvores se curvaram quando o ouviram, as pedras cinzentas se quebraram e estalaram, as bestas da floresta se aproximaram para ouvir, sorrateiras, e os pássaros se esqueceram de seus ninhos e voaram por perto. O velho Quíron batia palmas e batia seus cascos no chão, maravilhado com aquela canção mágica.

Peleu então beijou o filho e chorou, e eles desceram até a galé. Quíron os acompanhou na descida, chorando. Beijou-os um a um e lhes deu sua bênção, prometendo a eles grande renome. E os heróis também choraram quando o deixaram, até que seus grandes corações não conseguissem mais chorar, pois o mestre era gentil, justo, piedoso e mais sábio do que todas as criaturas e homens. Em seguida, o centauro subiu a um penhasco e orou por eles, para que retornassem sãos e salvos. Enquanto isso, os heróis remavam para longe e o viam no penhasco sobre o mar, com suas grandes mãos erguidas em direção ao céu e seus cabelos brancos esvoaçando ao vento, e forçavam a vista para vê-lo até o último momento, pois sentiam que não o veriam de novo.

Assim remaram pelas longas ondulações do mar, além do Olimpo, trono dos Imortais, e além das baías rodeadas pelos bosques do monte Atos e da ilha sagrada de Samotrácia. Passaram Lemnos até o Helesponto e atravessaram o estreito de Abidos, e seguiram no Propontis, atual Mar de Mármara. Lá encontraram Cízico, reinando na Ásia sobre os Doliones, que, dizem as canções, era o filho de Eneias, sobre quem vocês ouvirão muitos contos algum dia. Isso porque Homero nos conta como ele batalhou em Troia, e Virgílio conta como ele navegou para longe e fundou Roma, e os homens acreditaram por muitos anos que dele nasceram os antigos reis britânicos. Agora, dizem as canções que Cízico recebeu bem os heróis, pois seu pai havia sido um discípulo de Quíron. Então ele lhes deu as boas-vindas e ofereceu-lhes um banquete, abasteceu o Argo com milho e vinho, mantos e tapetes, dizem as canções, e roupas, de que sem dúvidas precisavam muito.

Mas à noite, enquanto dormiam, foram atacados por homens terríveis que viviam com os ursos nas montanhas, tendo forma de titãs ou gigantes, pois cada um tinha seis braços, e suas armas eram abetos e pinhas. Mas Hércules os eliminou antes do amanhecer com suas flechas envenenadas letais. Mas entre eles, na escuridão, matou também o gentil príncipe Cízico.

Eles retornaram então à embarcação e aos remos, e Tífis deu a ordem para que soltassem as amarrações e partissem ao mar. Mas conforme falava, um redemoinho surgiu, fazendo o Argo girar, emaranhando as amarrações, de modo que ninguém conseguia soltá-las. Tífis então soltou o leme e bradou:

— Isso veio dos deuses nos céus.

Mas Jasão foi até a proa e pediu conselho ao galho mágico.

O galho mágico então falou em resposta:

— Isso é porque mataram seu amigo Cízico. Devem apaziguar sua alma, ou jamais sairão desta praia.

Jasão retornou, triste, e contou aos heróis o que tinha ouvido. Eles saltaram à praia e procuraram até o amanhecer. Quando o sol raiou, o corpo foi encontrado, todo coberto de areia e sangue, em meio aos corpos das bestas monstruosas. Choraram pelo gentil anfitrião, deitaram-no sobre um leito confortável e fizeram um enorme monte sobre ele, oferecendo ovelhas negras ao seu túmulo. Orfeu cantou uma canção mágica para ele, para que seu espírito pudesse descansar. Então realizaram jogos ao túmulo, conforme o costume daquela época, e Jasão concedeu prêmios a cada vencedor. Para Anceu, deu um cálice de ouro, pois lutou melhor do que todos. Hércules ganhou um cálice de prata, pois era o mais forte. A Castor, que montou melhor, foi dado um baú de ouro. Pólux, o lutador, ganhou um fino tapete. Orfeu ganhou um par de sandálias de asas douradas, por sua canção. Mas Jasão era o melhor dos arqueiros, e os minoicos o coroaram com olivas. Assim, dizem as canções, a alma do bom Cízico foi apaziguada, e os heróis seguiram seu caminho em paz.

Mas quando a esposa de Cízico tomou conhecimento de que ele estava morto, ela também morreu, de pesar. Suas lágrimas se tornaram uma fonte de águas cristalinas, que flui durante o ano todo.

Assim, remaram para longe, dizem as canções, pela costa da Mísia, além da foz do rio Ríndaco[20], até que encontraram uma baía agradável, protegida pelos longos picos do monte Argantônio e por altos muros de pedra basáltica. Lá atracaram a embarcação sobre as areias amarelas, recolheram as velas, baixaram o mastro e a amarraram em seu suporte. Em seguida, baixaram as escadas e se dirigiram à praia para jogar e descansar.

Lá Hércules se afastou, entrando no bosque de arco em mãos, para caçar cervos selvagens. Hilas, o belo menino, o seguiu escondido e sorrateiro, até que se perdeu entre os penhascos. Exausto, se sentou para descansar à

20. Atual rio Mustafakemalpaşa, na Turquia.

beira de um lago. Lá as ninfas aquáticas se aproximaram para observá-lo, se apaixonaram e o carregaram para o fundo do lago para ser seu companheiro de brincadeiras, felizes e jovens pela eternidade. Hércules o procurou em vão, gritando seu nome até que as montanhas ressoassem, mas Hilas não o escutou do fundo do lago brilhoso. Enquanto Hércules vagava em sua busca, uma agradável brisa surgiu, e Hércules desapareceu de vista. O Argo partiu, e Hércules foi deixado para trás, e jamais viu o nobre rio Fásio[21].

Então os minoicos chegaram a uma terra sombria, onde reinava o gigante Âmico, que não gostava das leis de Zeus, no entanto, desafiava todos os forasteiros a lutar pancrácio com ele, e os que fossem vencidos eram mortos. Mas Pólux, o lutador, o atingiu com o golpe mais forte que ele já havia recebido na vida, e o matou. Os minoicos seguiram subindo o Bósforo, até que chegaram à cidade de Fineu, o feroz rei bitínio. Zetes e Calais pediram a Jasão que atracassem ali, pois tinham uma tarefa a cumprir.

Eles então subiram da praia em direção à cidade, por florestas brancas com neve. Fineu saiu para recebê-los com seu rosto magro e melancólico, e anunciou:

— Sejam bem-vindos, bravos heróis, à terra de tempestades impiedosas, de frio e miséria, mas ainda assim eu lhes oferecerei o melhor banquete que puder.

E assim os convidou a entrar, e serviu-os com carne; porém, antes que pudessem levar à boca, desceram sobre eles dois monstros terríveis, como homem algum jamais havia visto. Tinham o rosto e cabelos de belas donzelas, mas asas e garras de gaviões, e levaram a carne da mesa, voando e gritando acima dos telhados.

Fineu bateu no peito e anunciou:

— Essas são as harpias, cujos nomes são Aelo e Ocípete, filhas de Taumante e de Electra, a oceânide do âmbar, e elas nos roubam dia e

21. Atual rio Rioni, na Geórgia.

noite. Levaram as filhas de Pândaro, a quem os deuses haviam abençoado – pois Afrodite as alimentou no Olimpo com mel, leite e vinho; Hera concedeu-lhes beleza e sabedoria; e Atena as agraciou com dons em todas as artes. Mas quando chegou o momento de se casarem, as harpias as levaram e as deram às Erínias como escravas, e elas vivem em terror pelo resto de suas vidas. Agora as harpias assombram a mim, a meu povo e aos Bósforos com tempestades terríveis. Também levam a comida de nossas mesas, para que passemos fome, apesar de todas as nossas riquezas.

Levaram a carne da mesa, voando e gritando acima dos telhados

Zetes e Calais, os filhos alados de Bóreas, levantaram-se e disseram:

— Conhece a nós, Fineu, e essas asas que crescem em nossas costas?

Fineu escondeu o rosto, aterrorizado, mas não respondeu.

— As harpias o assombram dia e noite, Fineu, pois foi um traidor. Onde está nossa irmã Cleópatra, sua esposa, a quem mantém aprisionada? E onde estão seus dois filhos, a quem você cegou em sua raiva e atirou às pedras, influenciado por uma mulher cruel? Jure a nós que reparará o que fez à nossa irmã e expulsará a mulher cruel, e o libertaremos de sua praga e afugentaremos as donzelas dos furacões do sul. Mas se não o fizer, arrancaremos seus olhos, assim como fez com seus próprios filhos.

Fineu fez-lhes um juramento e expulsou a mulher cruel. Jasão pegou as pobres crianças e as curou com ervas mágicas.

Mas Zetes e Calais se levantaram com tristeza e disseram:

— Agora, adeus, heróis. Adeus, nossos queridos companheiros, com quem brincamos no Pelion nos velhos tempos. Pois um destino recaiu sobre nós, e nosso dia chegou, por fim: o dia em que devemos caçar os furacões, por terra e mar, pela eternidade. E se os capturarmos, morrerão, mas, se não, morreremos nós.

Ao ouvirem isso, os heróis choraram. Mas os dois jovens saltaram para os ares e flutuaram no ar atrás das harpias, e a batalha dos ventos começou.

Os heróis estremeciam em silêncio conforme ouviam os gritos dos furacões, enquanto o palácio e toda a cidade oscilavam e grandes pedras eram arrancadas dos penhascos, e os pinheiros da floresta eram arremessados para o leste, norte, sul e oeste, e o Bósforo fervia branco de espumas, e as nuvens eram atiradas contra os promontórios.

Mas, enfim, a batalha terminou, e as harpias fugiram aos gritos rumo ao sul, e os filhos de Bóreas foram atrás delas, trazendo sol e claridade onde quer que passassem. Perseguiram-nas por muitos quilômetros, por todas as ilhas das Cíclades, e no sudoeste além da Hélade, até que chegaram ao mar Jônico e lá desceram às ilhas Equinadas, na foz do rio Aqueloo, cujas ilhas foram chamadas de Ilhas dos Furacões por muitas centenas de anos. Entretanto, o que aconteceu com Zetes e Calais não sei dizer, pois os heróis nunca mais os viram. Alguns dizem que Hércules os encontrou e lutou com eles, matando-os com suas flechas. Outros dizem que eles caíram de cansaço e calor do sol de verão, e que o deus do sol os enterrou nas Cíclades, na agradável ilha de Tinos; e por muitas centenas de anos seus túmulos estavam ali, e sobre eles um pilar, que virava com o vento. Mas tais tempestades e furacões sombrios assombram o Bósforo até hoje.

Mas os argonautas foram para o leste, para o mar aberto, que agora chamamos de mar Negro, pois era chamado de Ponto Euxino antigamente. Jamais um heleno o havia cruzado, e todos temiam aquele mar terrível e suas pedras, cardumes, névoas e tempestades congelantes. Histórias estranhas eram contadas a respeito daquele lugar, algumas falsas e umas poucas verdadeiras, sobre como ele se estendia ao norte até o fim da Terra, o moroso mar Podre e a noite eterna, e as regiões dos mortos. Então os heróis estremeciam, apesar de toda a sua coragem, conforme entravam naquele mar Negro selvagem e o viam se abrir diante deles, sem costa à vista, tão longe quanto a vista alcançava.

Primeiro, Orfeu disse, alertando-os:

— Devemos ir agora até as rochas azuis movediças. Minha mãe, Calíope, a musa imortal, alertou-me a respeito delas.

Logo avistaram as rochas azuis brilhando, como agulhas e castelos de vidro acinzentado, enquanto um vento congelante soprava delas, resfriando o coração dos heróis. Conforme se aproximaram, puderam vê-las oscilando, enquanto as longas ondas do mar passavam sob elas, fazendo-as colidir e roçar umas nas outras, até que um grande ruído subiu aos céus. O mar espirrava para cima em torrentes entre elas, e varria tudo ao seu redor com espuma branca, mas suas pontas permaneciam balançando e acenando alto nos ares, enquanto o vento assobiava de modo estridente entre os promontórios.

O coração dos heróis afundou-se no peito de cada um, e se apoiavam sobre os remos, aterrorizados. Mas Orfeu chamou Tífis, o timoneiro:

— Devemos passar entre elas, então procure uma abertura, e seja corajoso, pois Hera está conosco.

Mas Tífis, o habilidoso timoneiro, ficou em silêncio, contraindo a mandíbula, até que avistou uma garça voando à altura do mastro em direção às rochas, sobrevoando por um tempo diante delas, como se procurasse uma passagem. Então, ele bradou:

— Hera enviou-nos um piloto. Vamos seguir a ave habilidosa.

A garça então voou para a frente e para trás por um momento, até que viu uma fissura escondida e entrou nela rapidamente como uma flecha, enquanto os heróis observavam o que aconteceria.

As rochas azuis colidiram uma na outra conforme a ave passava entre elas com rapidez, mas atingiram apenas uma pena de sua cauda e voltaram a se separar com o choque.

Tífis então encorajou os heróis, e eles gritaram. E os remos se dobraram como varas sob suas remadas conforme se apressavam a passar entre aqueles dois penhascos de gelo oscilantes, como os gélidos lábios azuis da morte. E antes que as rochas pudessem se encontrar de novo, eles haviam passado, e estavam a salvo no mar aberto.

Após isso, eles navegaram exaustos pela costa asiática, pelo ponto Euxino e Tínia, onde a corrente quente do rio Thymbris deságua no mar, e o rio Sakarya, cujas águas flutuam no mar Negro, até que chegam ao rio Lico[22] e a Lico, o rei gentil. Lá morreram dois bravos heróis, Idmon e o sábio timoneiro Tífis: um morreu de uma doença maligna, e outro foi morto por um javali selvagem. Os heróis então fizeram um monte sobre os mortos e colocaram sobre ele um remo bem no alto, e lá os deixaram para descansar juntos na distante costa Lícia. Mas Idas matou o javali e vingou Tífis, e Anceu assumiu o leme e se tornou o timoneiro, e os guiou em direção ao leste.

22. Atual rio Kelkit, na Turquia.

Eles passaram Sinope e muitas desembocaduras de rios imponentes. Passaram por muitas tribos bárbaras e pelas cidades das Amazonas, guerreiras do leste, até que ouviram os estrépitos de ferreiros e o rugir das fornalhas, e o fogo das forjas brilhava como faísca em meio à escuridão dos penhascos das montanhas no alto. Isso porque haviam chegado à costa dos Cálibes, os ferreiros incansáveis, servos do cruel deus da guerra, Ares, forjando armas dia e noite.

Ao amanhecer, eles olharam para o leste e, no meio do caminho entre o mar e o céu, avistaram picos de neve branca pendurados, brilhando afiados e claros sobre as nuvens. Sabiam que haviam chegado ao Cáucaso, no fim de toda a Terra: o Cáucaso, a montanha mais alta de todas, o pai dos rios do leste. Em seu pico ficava acorrentado o Titã, enquanto um abutre lhe destroçava o coração, e aos seus pés ficam florestas negras ao redor das terras da Cólquida.

Remaram por três dias rumo ao leste, enquanto o Cáucaso ficava mais alto a cada hora, até que viram a corrente escura do rio Fásio fluindo veloz até o mar, e, brilhando sobre as copas das árvores, os telhados dourados do rei Eetes, o filho do sol.

Então falou Anceu, o timoneiro:

— Enfim chegamos ao nosso destino, pois lá estão os telhados de Eetes e os bosques onde crescem todos os venenos. Mas quem poderá nos dizer onde está escondido o velocino de ouro? Teremos de enfrentar muitos tormentos antes de encontrá-lo e levá-lo à Grécia.

Mas Jasão encorajou os heróis, pois seu coração estava nas alturas e repleto de ousadia, e ele disse:

— Irei sozinho até Eetes, embora ele seja o filho do sol, e o conquistarei com palavras tenras. Será melhor do que irmos todos e partirmos para uma batalha.

Mas os minoicos não ficariam para trás, então remaram com valentia corrente acima.

Um sonho ocorreu a Eetes, e seu coração se encheu de temor. Pensou ter visto uma estrela reluzente, que caiu sobre o colo de sua filha. E Medeia, sua filha, a pegou de bom grado, a levou até a margem do rio e a arremessou no rio, que a carregou rodopiando até o mar Negro.

Ele acordou em um salto, assustado, e ordenou aos seus criados que trouxessem sua biga, para que pudesse ir até a margem do rio e apaziguar as ninfas e os heróis que assombram a borda. Desceu em sua biga dourada, com suas filhas ao seu lado, a bela donzela Medeia e Calcíope, que havia sido esposa de Frixo. Atrás dele vinha uma multidão de criados e soldados, pois era um príncipe rico e poderoso.

Conforme se dirigia ao fino rio, viu o Argo deslizando mais abaixo na margem, com muitos heróis dentro dele, equiparando-se aos Imortais em beleza e força conforme suas armas brilhavam ao seu redor na luz calma da manhã, através da névoa branca do rio. Contudo, Jasão era o mais nobre de todos, pois Hera, que o apreciava, o havia presenteado com beleza, altura e uma virilidade impressionante.

Quando se aproximaram e olharam nos olhos uns dos outros, os heróis ficaram estarrecidos perante Eetes conforme resplandecia em sua biga, como o glorioso sol, seu pai. Sua túnica era rica, com tecido de ouro, e os raios de seu diadema reluziam como fogo. Em sua mão carregava um cetro cravejado com joias, que brilhavam como as estrelas. Ele os observava, sério, sob as sobrancelhas, e falava de uma forma severa e alta:

— Quem são vocês, e o que querem aqui, o que os trouxe a Kutahya? Não respeitam minhas leis? Ou o povo que me serve, os colchianos, que nunca se cansam em batalhas e sabem bem como enfrentar invasores?

Os heróis ficaram em silêncio por algum tempo diante da face daquele velho rei. Mas a incrível deusa Hera muniu o coração de Jasão com coragem, e ele se levantou e gritou em resposta:

— Não somos piratas ou homens sem lei. Não viemos para pilhar ou arruinar, ou tomar escravos de suas terras. Mas meu tio, filho de Poseidon, rei minoico Pélias, enviou-me em missão para trazer de volta o velocino de ouro. Esses também, meus bons camaradas, não são homens desconhecidos: alguns são filhos de Imortais, outros são heróis muito renomados. E nós também somos incansáveis em batalha, e sabemos como golpear e tomar golpes. Ainda assim, desejamos ser convidados à sua mesa. Assim será melhor para nós e para você.

A fúria de Eetes subiu como um furacão, e seus olhos brilharam como fogo enquanto ouvia. Mas ele enterrou sua raiva no peito e falou calmamente um discurso dissimulado:

— Se lutarem pelo velocino com meus colchianos, então muitos homens morrerão. Mas esperam realmente obter o velocino de mim em batalha? São tão poucos que, se forem derrotados, eu poderia lotar seu navio com seus corpos. Mas se forem regidos por mim, será muito melhor escolherem o melhor entre vocês e deixá-lo cumprir os trabalhos que exijo. Então, darei a ele o velocino de ouro como prêmio, e glória a todos vocês.

Assim dizendo, virou seus cavalos e se conduziu de volta à cidade em silêncio. Os minoicos ficaram em silêncio, com pesar, e sentiam falta de Hércules e sua força, pois não havia como enfrentarem milhares de colchianos e a temível chance de uma guerra.

Mas Calcíope, a viúva de Frixo, foi chorando até a cidade, pois se lembrou de seu marido minoico e todos os prazeres de sua juventude, enquanto observava os belos rostos de seus parentes e seus longos cabelos dourados. Ela lamentou para sua irmã, Medeia:

— Por que devem morrer esses bravos homens? Por que meu pai não lhes cede o velocino, para que meu marido encontre descanso?

O coração de Medeia sentia pena dos heróis, principalmente de Jasão. Ela respondeu:

— Nosso pai é severo e terrível, e quem poderá obter o velocino de ouro?

— Esses homens não são como nossos homens — respondeu Calcíope. — Não há nada que eles não ousem fazer.

Medeia pensou em Jasão e em seu bravo rosto, e comentou:

— Se houvesse um deles que não conhecesse o medo, eu lhe mostraria como obter o velocino.

Então, ao cair da noite, elas desceram à margem do rio, Calcíope e a feiticeira Medeia, e Argos, filho de Frixo. Argos se esgueirou na frente, entre os juncos, até que chegou aonde os heróis dormiam, nos botes do navio, sob a margem. Jasão mantinha guarda em terra, apoiando-se sobre sua lança, imerso em pensamentos. O menino se aproximou de Jasão e apresentou-se:

— Sou o filho de Frixo, seu primo. E minha mãe, Calcíope, o aguarda para conversar a respeito do velocino de ouro.

Jasão então seguiu o menino, decidido, e encontrou as duas princesas aguardando-o. Quando Calcíope o viu, tomou suas mãos e chorou, dizendo:

— Ó, primo de meu amado, retorne para casa antes que morra!

— Seria rude retornar para casa agora, bela princesa, e ter navegado todos estes mares em vão.

Então, ambas as princesas protestaram, mas Jasão respondeu:

— É tarde demais.

— Mas você não sabe — disse Medeia — o que aquele que obteria o velocino de ouro deve fazer. Deve domar dois touros de cascos de metal, que expiram e devoram chamas, e com eles deve arar quatro acres nos campos de Ares, antes do anoitecer, plantando dentes de serpentes. De cada dente nasce um homem armado. Sendo assim, deverá lutar com todos os guerreiros, e será em vão vencê-los, pois o velocino é guardado por uma serpente, maior do que qualquer pinheiro da montanha. Deve abater tal serpente se quiser alcançar o velocino de ouro.

Jasão riu com amargor:

— Esse velocino é mantido aqui injustamente, e por um rei injusto e descontrolado. E injustamente morrerei em minha juventude, pois tentarei antes que o sol se ponha.

Medeia estremeceu e disse:

— Nenhum mortal pode alcançar o velocino, a não ser que eu o guie. Pois ao redor dele, além do rio, há um muro de nove metros de altura, com amplas torres e contrafortes e portões imponentes de metal triplo, e sobre eles o muro é arqueado, com ameias de ouro acima. Sobre a passagem do portão fica Hécate, a terrível caçadora de bruxas da floresta, brandindo sua tocha de pinheiro em suas mãos, enquanto seus cães de caça uivam enlouquecidos. Nenhum homem ousa encontrá-la ou olhá-la, exceto eu, sua sacerdotisa, e ela observa a distância caso algum estranho se aproxime.

— Não há muro tão alto que não possa ser escalado por fim, e não há floresta tão densa que não possa ser adentrada. Não há serpente tão terrível que não possa ser encantada, ou rainha-bruxa tão feroz que não possa ser acalmada com feitiços. E ainda posso obter o velocino de ouro, se uma dama sábia ajudar um homem corajoso.

Ambas as princesas protestaram

Ele olhou para Medeia com astúcia e a fitou com seus olhos brilhantes, até que ela corou e estremeceu, e indagou:

— Quem pode enfrentar o fogo que expiram os touros e lutar contra dez mil homens armados?

— Aquele que você ajudar — disse Jasão, bajulando-a —, pois sua fama se espalha por toda a Terra. Não é a rainha das feiticeiras, mais sábia até que sua irmã Circe, em sua ilha de fadas no oeste?

— Queria eu estar com minha irmã Circe em sua ilha de fadas no oeste, muito longe da dolorosa tentação e de pensamentos que dilaceram meu coração! Mas se deve ser assim, por que tem de morrer? Tenho um unguento aqui, que fiz com flor de gelo mágica nascida da ferida de Prometeu, sobre as nuvens no Cáucaso, nos campos sombrios de neve. Passe em si mesmo e terá em si a força de sete homens, e passe em seu escudo e nem fogo nem espada poderão feri-lo. Mas o que começar, deverá terminar antes do pôr do sol, pois sua virtude dura apenas um dia. E passe também em seu elmo antes de plantar os dentes das serpentes, e quando os filhos da terra brotarem, jogue seu elmo entre as fileiras deles, e haverá uma colheita mortal do campo do deus da guerra, que se capinará sozinho e perecerá.

Jasão então caiu de joelhos perante ela, agradecendo-lhe e beijando suas mãos. Medeia deu a ele um vaso de unguento e foi embora, tremendo, por entre os juncos. Jasão contou aos seus camaradas o que havia acontecido e mostrou-lhes a caixa de unguento. Todos se alegraram, exceto Idas, que ficou louco de inveja.

Ao amanhecer, Jasão se banhou e se cobriu com o unguento da cabeça aos pés, assim como seu escudo, elmo e suas armas, e pediu a seus camaradas que testassem o feitiço. Tentaram dobrar sua lança, mas ela permaneceu ereta como uma barra de ferro. Além disso, Idas a golpeou com sua espada, e a lança arremessou estilhaços pelo ar e em seu rosto. Eles atacaram o escudo com suas lanças, mas pontas das armas se dobraram como cordas. Ceneu tentou derrubá-lo, contudo, Jasão sequer moveu um pé, e Pólux o golpeou com seus punhos, com golpes que derrubariam um boi. Porém, Jasão apenas sorriu, e os heróis dançavam ao seu redor, fascinados. Ele saltava e corria, gritando de felicidade com aquela força enorme, até que o sol nasceu, e a hora de fazer Eetes cumprir sua promessa chegou.

Então, enviou Télamo e Etalides para dizerem a Eetes que Jasão estava pronto para a luta. Subiram ao palácio entre as paredes de mármore, sob os telhados de ouro, e ficaram no salão de Eetes, enquanto ele empalidecia de raiva.

— Cumpra o que nos prometeu, filho do sol flamejante. Dê-nos os dentes das serpentes e solte os touros enfurecidos, pois encontramos um campeão entre nós que conseguirá obter o velocino de ouro.

Eetes mordeu os lábios, pois imaginava que teriam fugido durante a noite. Mas não podia voltar atrás em sua promessa, então lhes entregou os dentes das serpentes.

Em seguida mandou trazerem sua biga e seus cavalos e enviou mensageiros por toda a cidade. O povo todo o acompanhou ao terrível campo de Ares, o deus da guerra.

Lá Eetes se sentou em seu trono, com seus guerreiros aos seus lados, milhares e dezenas de milhares, vestidos da cabeça aos pés com cotas de malha de aço. O povo e as mulheres se juntaram em multidão em cada janela, borda ou muro, enquanto os minoicos se mantinham juntos – um mero punhado em meio ao grandioso anfitrião.

Calcíope e Argos estavam lá, tremendo, e Medeia se cobriu bem com seu véu, mas Eetes não sabia que ela estava sussurrando feitiços engenhosos por entre os lábios.

Jasão então bradou:

— Cumpra sua promessa e traga os touros enfurecidos.

Eetes ordenou que abrissem os portões, e os touros mágicos saltaram para fora. Seus cascos metálicos ressoavam sobre o chão, e as ventas soltavam nuvens de chamas conforme avançavam em direção a Jasão, de cabeças baixas. Mas ele não deu sequer um passo. As chamas de suas narinas varreram o ar ao seu redor, contudo, não chamuscaram sequer um fio de cabelo, e os touros interromperam o ataque, tremendo quando Medeia iniciou seu feitiço.

Jasão saltou sobre o touro mais próximo e o agarrou pelos chifres. Lutaram para lá e para cá, até que o touro caiu de joelhos em rendição, pois a coragem do animal morreu dentro dele, e seus membros se enfraqueceram, sob o olhar firme da obscura donzela-feiticeira e o sussurro mágico de seus lábios.

Ambos os touros foram domados e presos a um jugo, e Jasão os atou ao arado e os encaminhou em diante com sua lança até que tivessem arado o campo sagrado.

Os minoicos gritavam, mas Eetes mordia os lábios, enraivecido, pois metade do trabalho de Jasão tinha terminado, e o sol ainda estava alto no céu.

Ele então pegou os dentes das serpentes e os plantou, e aguardou o que viria a seguir. Mas Medeia o fitava, e a seu elmo, temendo que ele se esquecesse da lição que lhe havia dado.

Cada sulco na terra oscilou e borbulhou, e de cada monte saiu um homem. Saíram da terra aos milhares, cada um vestido em aço da cabeça aos pés. Eles desembainharam suas espadas e avançaram sobre Jasão, de modo que ele ficou sozinho no centro. Os minoicos ficaram pálidos de medo por ele, mas Eetes dava uma risada amarga.

— Vejam! Se já não houvesse guerreiros o suficiente ao meu redor, poderia chamá-los do coração da Terra.

Mas Jasão tirou o elmo e o arremessou ao grupo mais denso de guerreiros. E uma fúria cega caiu sobre eles: suspeita, ódio e medo. Um deles bradou ao companheiro:

— Você me atingiu!

— Você é Jasão! Deve morrer! — esbravejou outro.

Assim, a fúria tomou aqueles fantasmas nascidos da terra, e cada um se virou contra o resto, lutando entre si incansavelmente até que todos estivessem mortos sobre o chão. Em seguida, os sulcos mágicos se abriram, e a gentil terra os recebeu de volta em seu seio, e a grama cresceu verde novamente sobre eles. O trabalho de Jasão havia sido cumprido.

Os minoicos se levantaram e gritaram de alegria, até que Prometeu os ouviu de seu penhasco. Jasão bradou:

— Guie-me até velocino agora mesmo, antes que o sol se ponha.

Mas Eetes pensou:

Ele dominou os touros e plantou e colheu a colheita mortal. Quem é este que é imune a toda mágica? Talvez ele ainda mate a serpente.

Então ele demorou, e ficou sentado ouvindo os conselhos de seus príncipes até que o sol se pôs e o céu escureceu. Foi quando ordenou que um arauto anunciasse:

— Devem retornar às suas casas esta noite. Amanhã nos encontraremos com esses heróis e conversaremos a respeito do velocino de ouro.

Então Eetes se virou e olhou para Medeia.

— Você fez isso, bruxa falsa! Ajudou esses forasteiros de cabelos amarelos e trouxe humilhação para seu pai e para si mesma!

Medeia se encolheu, trêmula, e seu rosto empalideceu de medo. Eetes sabia que ela era culpada e sussurrou:

— Se obtiverem o velocino, você morrerá!

Mas os minoicos marcharam rumo ao navio, rugindo como leões impedidos de obter sua presa, pois viram que Eetes zombava deles e os enganava apesar de toda a sua labuta. Ileu disse:

— Vamos ao bosque juntos e tomaremos o velocino à força.

Idas, o impulsivo, bradou:

— Vamos sortear quem irá primeiro. Pois enquanto o dragão devora um, os outros podem abatê-lo e levar o velocino em paz. Mas Jasão os impediu, embora tenha aplaudido as sugestões, pois esperava receber ajuda de Medeia.

Após algum tempo, Medeia apareceu trêmula e chorou por muito tempo antes de falar. Por fim, disse:

— Meu fim se aproxima e morrerei. Pois meu pai descobriu que o ajudei. Ele os mataria se ousasse, pois não os ferirá, já que foram seus convidados. Vão, então, partam, e lembrem-se da pobre Medeia quando estiverem já distantes no mar.

Mas os heróis disseram:

— Se você morrer, morreremos contigo. Pois sem você não conseguiremos obter o velocino e voltaremos para casa sem ele, de modo que pereceremos aqui em batalha até o último homem.

— Não tem de morrer — disse Jasão. — Fuja para casa conosco através do mar. Mostre-nos como obter o velocino primeiro, já que apenas você pode fazê-lo. E depois venha conosco, e será minha rainha, e reinará sobre os ricos príncipes dos minoicos, em Iolcos, à beira-mar.

Todos os heróis se uniram e juraram que ela seria sua rainha.

Medeia chorou, estremeceu e escondeu o rosto nas mãos, pois seu coração sentiria falta de suas irmãs, de seus amigos e do lar onde havia sido criada na infância. Mas, por fim, ergueu o olhar para Jasão e falou entre soluços:

— Devo deixar meu lar e meu povo para vagar com forasteiros através do mar? Tal é o fardo e devo suportá-lo. Mostrarei como obter o velocino de ouro. Tragam sua embarcação à beira do bosque e a ancorem lá à margem do rio. Deixem que Jasão suba à meia-noite, acompanhado de um bravo camarada, e encontrem-me sob o muro.

Então, os heróis gritaram juntos:

— Eu vou!

— E eu!

— E eu!

E Idas, o impulsivo, ficou louco de inveja, pois desejava ser o melhor em tudo. Mas Medeia os acalmou, dizendo:

— Orfeu irá com Jasão e trará sua lira mágica, pois já ouvi que é o rei dos menestréis e pode encantar todas as coisas na Terra.

Orfeu riu de alegria e bateu palmas, pois a escolha havia recaído sobre ele. Porque, naquela época, os poetas e músicos eram tão bravos guerreiros quanto os melhores soldados.

Então, à meia-noite subiram o rio e encontraram-se com Medeia. Ao seu lado vinha Absirto, seu irmão mais novo, guiando um cordeiro de um ano.

Medeia os levou a um arbusto, ao lado dos portões do deus da guerra. Lá ela mandou que Jasão cavasse uma vala, matasse o cordeiro e o deixasse lá e polvilhasse sobre ele ervas mágicas e mel silvestre.

Mas, então, da terra saltou Hécate, a temível caçadora de feiticeiras, com fogo vermelho iluminando seu caminho, e seus cães de caça uivando enlouquecidos. Ela tinha uma cabeça de cavalo e outra de um cão de caça voraz, e outra de uma cobra sibilante, e uma espada em uma das mãos. Ela saltou dentro da vala com seus cães de caça e eles consumiram os conteúdos, enquanto Jasão e Orfeu tremiam e Medeia escondia os olhos. Por fim, a rainha-feiticeira desapareceu, fugindo com seus cães no bosque. As barras dos portões caíram, as portas de metal se escancararam, e Medeia e os heróis avançaram correndo pelo bosque envenenado, entre troncos de imponentes faias, guiados pelo brilho do velocino de ouro, até que o avistaram pendurado em uma enorme árvore no centro. Jasão teria saltado para pegá-lo, mas Medeia o impediu e apontou, arrepiada, para a base da árvore, onde havia uma grandiosa serpente, espiralada entre as raízes, com um corpo longo como um pinheiro da montanha. Suas espirais se alongavam muito profundamente, salpicadas de bronze e ouro. Conseguiam ver metade dela, e só, pois o resto estava na escuridão, muito longe.

Quando ela os viu se aproximando, levantou a cabeça e os observou com seus olhos pequenos e reluzentes, expondo sua língua bifurcada, e rugiu como fogo entre os bosques, até que a floresta oscilou e grunhiu. Seus gritos balançaram as árvores das folhas às raízes, passando pelos amplos rios e pelo salão de Eetes, acordando o povo da cidade, até que as mães abraçaram seus filhos, aterrorizadas.

Mas Medeia a chamou com calma, e ela esticou seu longo pescoço sarapintado e lambeu sua mão, olhando seu rosto, como se pedisse por comida. Então, ela fez um sinal a Orfeu, que começou a tocar sua canção mágica.

Conforme cantava, a floresta ficou calma novamente, e as folhas em cada árvore ficaram paradas. A cabeça da serpente afundou, suas espirais metalizadas amoleceram e seus olhos reluzentes se fecharam preguiçosamente, até que passou a respirar suavemente como uma criança enquanto Orfeu invocava um sono agradável, que trazia paz aos homens, animais e ondas.

Jasão então saltou à frente com cuidado, pisou desviando-se da grande cobra e arrancou o velocino de ouro do tronco da árvore. Então, os quatro correram pelo jardim, até a margem onde estava o Argo.

Houve silêncio por um momento, enquanto Jasão segurava o velocino de ouro bem alto. Então, ele bradou:

— Vá agora, bom Argo, veloz e firme, se quiser ver o Pelion de novo.

E assim foi, conforme os heróis o conduziam, ferozes e silenciosos, suprimindo os sons dos remos, até que a madeira de pinheiro entortou como um salgueiro em suas mãos, e o robusto Argo grunhiu sob suas remadas.

Sem parar, na escuridão molhada, fugiram com velocidade pela corrente ondulada. Sob muros pretos, templos e castelos de príncipes do leste, passando por represas, jardins fragrantes e bosques com frutas estranhas, por pântanos onde vacas gordas dormiam e longos leitos de juncos sussurrantes. Mal escutavam a música alegre das ondas batendo nas tábuas, conforme balançava solitário à luz do luar.

Jasão então saltou à frente com cuidado.

Eles avançaram pelas ondas, e o Argo saltava as arrebentações como um cavalo, pois sabia que era hora de mostrar seu vigor e conquistar honra para os heróis e ele mesmo. Até que os heróis pararam arfantes, cada homem ao seu remo, conforme o barco deslizava pelo amplo mar sossegado.

Orfeu então tomou sua lira e cantou um peã, até que o coração dos heróis se enalteceu novamente, e eles remaram com ânimo e firmeza, adentrando a escuridão do oeste.

› segunda história › Os argonautas

PARTE CINCO

Como os argonautas foram levados ao mar desconhecido

Assim eles fugiram apressados rumo ao oeste: mas Eetes encheu suas frotas com seus homens e os seguiu. E o atento Linceu os viu chegando, enquanto ainda estavam a muitos quilômetros de distância, e bradou:

— Vejo cem navios, como um bando de cisnes brancos, a distância no leste.

Ouvindo isso, eles remaram com força, como heróis, mas os navios se aproximavam mais a cada hora.

Medeia, a sombria feiticeira, fez um plano cruel e astuto, matando seu irmão mais novo, Absirto, e jogando-o ao mar. Ela disse:

— Para que meu pai possa resgatar o corpo e enterrá-lo, tomará muito tempo, e ficará para trás.

Todos os heróis se arrepiaram e olharam uns aos outros, envergonhados. Mesmo assim, não puniram a sombria feiticeira, pois ela os havia ajudado a obter o velocino de ouro.

Quando Eetes chegou lá, viu o corpo flutuando e parou por um longo tempo, vivendo o luto por seu filho. Recolheu o corpo e voltou para casa. Mas enviou seus marinheiros rumo ao oeste e rogou-lhes uma praga terrível:

— Tragam de volta aquela feiticeira cruel, para que possa sofrer uma morte terrível. Mas se retornarem sem ela, sofrerão essa mesma morte.

Assim, os argonautas escaparam, pelo menos por ora. Mas Zeus Pai viu aquele crime traiçoeiro e enviou uma tempestade dos céus, varrendo o navio de seu curso. Dia após dia a tempestade os carregava, em meio a espuma e névoa cegante, até que não sabiam mais onde estavam, pois o sol era um borrão nos céus. Por fim, o navio bateu em um banco de solo, entre ilhas rasas de lama e areia, e as ondas rolavam sobre elas fazendo os heróis perderem todas as esperanças de sobreviver.

Jasão então recorreu a Hera:

— Bela rainha, que tem sido nossa amiga até agora, por que nos deixou à miséria, para morrer aqui em mares desconhecidos? É difícil perder a honra que ganhamos com tanta labuta e tormentos, e será difícil não ver a Hélade novamente, e o agradável golfo Pagasético.

Em seguida, disse o galho mágico que ficava no bico do Argo:

— Zeus Pai está zangado, e por isso tudo isso recaiu sobre vocês. Pois um crime vil foi cometido a bordo, e o navio sagrado está danado com sangue.

A isso, alguns dos heróis responderam:

— Medeia é a assassina. Deixe a feiticeira carregar seu pecado e morrer!

Assim, eles prenderam Medeia, para jogá-la ao mar e expiar a morte do jovem. Mas o galho mágico falou novamente:

— Deixem-na viver até que seus crimes estejam completos. A vingança a aguarda, lenta e certa, mas ela deve viver, pois vocês ainda precisam dela. Ela deve mostrar o caminho à sua irmã, Circe, que vive entre as ilhas do oeste. Até ela devem navegar um caminho difícil, e ela os expurgará de sua culpa.

Os heróis choraram alto quando ouviram a sentença proferida pelo carvalho, pois sabiam que os aguardava uma jornada sombria, e muitos anos de árduos sofrimentos. Alguns demonizavam a feiticeira sombria, e alguns diziam:

— Não, ainda devemos a ela. Sem ela não teríamos conseguido o velocino.

Mas a maioria deles mordia os lábios em silêncio, pois temia os feitiços da bruxa.

O mar se acalmou, e o sol brilhava novamente. Os heróis puxaram o barco do banco de areia e remaram adiante em seu curso cansativo, guiados pela sombria feiticeira, adentrando o desértico mar desconhecido.

Não se sabe aonde foram, ou como chegaram à ilha de Circe. Alguns dizem que foram ao oeste, subindo a corrente do Ister, e assim chegaram ao mar Adriático, empurrando a embarcação sobre os Alpes nevados. Outros dizem que eles foram ao sul, adentrando o mar Vermelho e além das terras ensolaradas onde as especiarias são cultivadas, perto da Etiópia em direção ao oeste, e que por fim chegaram à Líbia e empurraram o barco através das areias escaldantes, e sobre as colinas de Sirte, onde as planícies e areias movediças se espalham por muitos quilômetros, entre a rica cidade de Cirene e a costa dos lotófagos. Mas tudo isso são apenas sonhos e fábulas, e vestígios nebulosos de terras desconhecidas.

Mas todos dizem que eles chegaram a um lugar onde tiveram que empurrar o barco através de terra firme por nove dias, com cordas e eixos, até chegarem a um mar desconhecido. As melhores canções antigas contam como eles partiram em direção ao norte até que chegaram à encosta do Cáuscaso, onde ele declina até o mar e o estreito Cimeriano de Bósforo[23], que o Titã atravessava sobre o touro, e daí para

23. Entre a Crimeia (Ciméria) e a costa Circassiana.

as águas mansas do mar de Azov. Lá eles se dirigiram para o extremo norte, subindo o rio Tánais, que hoje chamamos de rio Dom, além dos gelonos e os sármatas, e muitas outras tribos nômades, e os Arimaspos caolhos, conforme contam os poetas gregos, que roubam ouro dos grifos, nas frias montanhas Rifeanas[24].

Então eles passaram os arqueiros citas e os Tauros antropófagos, e os Hiperbóreos nômades, que alimentavam seus bandos sob a estrela polar, até que chegaram ao oceano nórdico, e ao mar de Cronos, liso e morto. Lá o Argo não se movia mais, e todos haviam cruzado os braços, apoiando a cabeça sobre a mão, de coração partido pelo cansaço e fome, desistindo e aceitando a morte. Mas o bravo Anceu, o timoneiro, encorajou o coração de cada um deles mais uma vez e pediu que saltassem à terra firme e empurrassem o barco com as cordas e eixos por muitos dias fatigantes, fosse sobre terra, lama, gelo, não sei, pois a canção se mistura e se perde como um sonho. E diz em seguida como eles chegaram à rica nação dos famosos homens longevos; e à costa dos Cimerianos, que nunca viam o sol, enterrados sob os vales das montanhas nevadas; e às belas terras de Hermione, habitadas pela nação mais justa de todas; e aos portões do submundo e à morada dos sonhos.

Enfim, Anceu gritou:

— Aguentem mais um pouco, bravos companheiros. O pior com certeza já passou, pois vejo o vento oeste puro mexendo as águas e ouço o rugido do oceano nas areias. Então ergam o mastro, e zarpemos. Vamos enfrentar o que virá, como homens.

Em seguida, falou o galho mágico:

— Ah, quisera eu ter perecido há muito tempo, esmagado pelas desagradáveis rochas azuis, sob as ondas ferozes do mar Negro. Teria sido melhor do que vagar pela eternidade, amaldiçoado pela culpa de

24. Supostamente, as montanhas Urais, na Eurásia.

meus príncipes, pois o sangue de Absirto ainda me persegue, e tormentos recaem impetuosos, um após o outro. Agora algo horroroso e sombrio me agarrará se eu chegar perto da ilha de Ierne[25]. A não ser que se estabeleçam na terra e naveguem para o extremo sul, devo vagar para além do Atlântico, ao oceano que não conhece terra firme.

Eles bendisseram o galho mágico e navegaram para o sul, acompanhando a costa. Mas antes que pudessem passar Ierne, a terra de névoas e tempestades, o vento selvagem desceu sobre eles, escuro e ruidoso, levando a embarcação e puxando as cordas. Foram levados para longe, por uma dúzia de noites, no amplo e selvagem mar do oeste, através de espuma, sobre as vagas, sem ver sol ou estrelas.

— É o nosso fim, pois não sabemos onde estamos. Estamos perdidos na desolada e úmida escuridão, e não conseguimos diferenciar o norte do sul — bradaram eles.

Mas Linceu, o observador, chamou-os aos remos, entusiasmado:

— Animem-se novamente, bravos marujos, pois vejo uma ilha coberta de pinheiros, e os palácios da gentil mãe Terra, com uma coroa de nuvens ao redor.

— Evitemos aquele lugar, pois nenhum mortal pode atracar lá: não há ancoradouro na costa, apenas penhascos íngremes ao redor — alertou Orfeu.

Então, Anceu virou o curso e afastou a embarcação, e por mais três dias eles continuaram a navegar, até que chegaram à ilha de Ea, lar de Circe e ilha das fadas do oeste.

Lá Jasão pediu que atracassem e buscassem qualquer sinal de vida humana. Conforme se dirigiam à ilha, Circe os encontrou, descendo rumo ao barco. Eles estremeceram quando a viram, pois seus cabelos, sua face e suas roupas brilhavam como chamas.

---

25. Supõe-se que seja a Irlanda.

Ela se aproximou e fitou Medeia, que escondeu o rosto por trás de seu véu. Circe disse:

— Ah, mulher miserável, esqueceu-se de seus pecados? Por isso vem à minha ilha, onde as flores brotam o ano todo? Onde está seu velho pai e o irmão que matou? Não espero que retorne em segurança com estes forasteiros a quem você ama. Enviarei comida e vinho, mas seu barco não poderá ficar aqui, pois está manchado com pecado, assim como sua tripulação.

— Expurgue-nos de nossa culpa! — os heróis suplicaram, em vão.

— Devem ir até Maleia. Lá poderão ser expurgados e poderão então retornar para casa — explicou ela, dispensando-os.

Então um bom vento surgiu, e eles navegaram rumo ao leste, pelo Tartesso, na costa Ibérica, até que chegaram aos Pilares de Hércules e ao mar Mediterrâneo. Lá continuaram a navegar pelas profundezas da Sardenha, passando pelas ilhas dos Auruncos e pelos cabos da costa do Tirreno, até que chegaram a uma ilha florida, em uma noite de verão tranquila e clara. Conforme se aproximaram, lenta e preguiçosamente, ouviram doces canções vindas da praia. Mas quando Medeia as ouviu, sobressaltou-se e clamou:

— Tenham cuidado, heróis, pois estas são as rochas das Sereias. Devem passar perto delas, vez que não há outro caminho, mas aqueles que escutarem a canção estarão perdidos.

Orfeu, o rei dos menestréis, disse:

— Deixem sua canção competir com a minha. Já encantei pedras, árvores, dragões e o coração de homens além da conta!

Ele então tomou sua lira, ficou em pé na popa, e começou sua canção mágica.

Eles agora conseguiam enxergar as Sereias, em Samos, a ilha florida. Três belas donzelas sentadas à praia, sob uma rocha vermelha ao sol poente, entre canteiros de papoulas vermelhas e asfódelos dourados.

Elas cantavam devagar e tranquilamente, com vozes lustrosas, suaves e claras que escorregavam sobre as águas douradas, até os corações dos heróis, apesar da canção de Orfeu.

Todas as criaturas ficavam ao redor delas escutando. As gaivotas ficavam em fileiras brancas sobre as rochas. Na praia, grandes focas se deitavam, relaxando e passando o tempo com suas cabeças preguiçosas. Cardumes prateados subiam à superfície para ouvir, e sussurravam conforme quebravam a calmaria brilhante. O vento galgava sobre suas cabeças conforme pastoreava suas nuvens rumo ao oeste. As nuvens ficavam em meio ao azul do céu e escutavam, sonhando, como um rebanho de ovelhas douradas.

Enquanto os heróis escutavam, os remos caíram de suas mãos, suas cabeças pesaram em direção ao peito, e eles fecharam seus olhos cansados, sonhando com jardins vívidos e tranquilos e com sonos profundos sob pinheiros farfalhantes, até que todos os seus tormentos começaram a parecer tolice, e eles se esqueceram de seu renome.

Então, um deles levantou a cabeça de súbito e disse:

— De que serve vagar pela eternidade? Fiquemos aqui e descansemos um pouco.

— Vamos remar à praia e escutar melhor as palavras que estão cantando — sugeriu outro.

— Não ligo para as palavras, e sim para a música. Elas cantam e me embalam para que eu possa descansar — comentou um terceiro.

Butes, o filho de Pandião, o mais formoso entre os homens, pulou na água e nadou em direção à praia, bradando:

— Estou indo, estou indo, belas donzelas! Viverei e morrerei aqui, escutando sua canção.

Então, Medeia bateu uma palma e gritou:

— Cante mais alto, Orfeu! Cante com mais disposição, acorde esses preguiçosos perdidos, ou nenhum deles verá a Hélade novamente.

Orfeu então levantou a lira e golpeou as cordas com sua mão habilidosa, e sua música e voz aumentaram como um trompete através do ar parado da noite. No ar sua voz galgava como um trovão, até que as rochas e o mar tremeram. Dentro de sua alma aquela música percorreu como vinho, até que o coração de cada um batesse veloz no peito deles.

Ele cantava a canção de Perseu e como os deuses o guiaram por terra e mar, como ele abatera a horrível Górgona, como obtivera uma noiva sem igual, e como agora se sentava com os deuses no Olimpo. Uma estrela resplandecente no céu, imortal com sua noiva imortal, e honrado por todos os homens na Terra.

Assim cantavam Orfeu e as Sereias, respondendo uns aos outros, até que a voz de Orfeu afogou a das Sereias, e os heróis pegaram seus remos novamente.

— Seremos homens como Perseu, e ousaremos e sofreremos até o fim. Cante a canção dele mais uma vez, bravo Orfeu, para que esqueçamos as Sereias e seu feitiço — disseram os heróis.

Enquanto Orfeu cantava, eles cortavam o mar com seus remos e mantinham o tempo à música, conforme fugiam para longe com velocidade. A voz das Sereias ficou para trás, apagada pelo sussurrar das espumas em seu rastro.

Mas Butes nadou até a praia, ajoelhou-se perante as Sereias e bradou:

— Continuem cantando! Continuem cantando!

Mas não pôde dizer mais, pois um sono encantado caiu sobre ele, junto com um murmúrio agradável em seus ouvidos. Por todo esse tempo, ele caía sobre os cascalhos, esquecendo-se do céu e da terra, e nunca chegou a ver a infeliz praia ao seu redor, repleta de ossos de homens espalhados.

As três belas irmãs se levantaram devagar, com um sorriso cruel nos lábios, e lentamente se aproximaram dele, como leopardos que cercam uma presa. Suas mãos eram como as garras de uma águia, conforme se apressavam entre os ossos de suas vítimas para saborear seu cruel banquete.

Mas Afrodite, a mais bela de todas, viu-o do pico mais alto de Idálio e ficou com pena de sua juventude e beleza, saltando de seu trono dourado. Como uma estrela cadente ela desceu do céu e deixou um rastro de luz cintilante, até que aterrissou na ilha das Sereias e roubou sua presa de suas garras. Ela ergueu Butes enquanto ele dormia e o envolveu com névoa dourada. Carregou-o até o pico de Lilibeia[26], e lá ele dormiu por bons e longos anos.

Mas quando as Sereias viram que haviam sido derrotadas, gritaram de inveja e raiva, saltaram da praia para o mar e se transformaram em rochas que perduram até hoje.

Então, os heróis chegaram aos estreitos por Lilibeia e avistaram a Sicília, ilha de três pontas, sob a qual o gigante Encélado fica grunhindo dia e noite, e quando ele se vira a terra treme, e sua respiração explode em fulgurosas chamas da montanha mais alta do monte Etna, sobre as florestas de castanheiras. Lá Caríbdis os capturou em seus temerosos redemoinhos e os engolfou à altura do mastro, girando-os sem parar, até que eles não conseguissem mais voltar ou avançar, enquanto o vórtice os puxava para dentro.

Enquanto eles lutavam com o mar, avistaram nas proximidades, do outro lado do estreito, uma rocha plantada na água, com seu pico envolto em nuvens. Uma rocha que nenhum homem poderia escalar, mesmo com vinte mãos e pés, pois a pedra era lisa e escorregadia, como se polida à mão. E na metade da pedra havia uma caverna obscura virada para oeste.

Quando Orfeu a viu, ele grunhiu e bateu as mãos.

— De nada nos servirá — ele gritou — escapar da boca desse redemoinho, pois naquela caverna habita Cila, a bruxa do mar que

26. Atual Marsala, na Itália.

tem a voz de uma criança. Minha mãe me alertou sobre ela antes de partirmos da Hélade. Ela tem seis cabeças e seis longos pescoços, e se esconde naquela fenda escura. De sua caverna ela pesca tudo o que passa por perto: tubarões, focas, golfinhos e todos os rebanhos de Anfitrite. Jamais um navio cantou a vitória de que passou por sua pedra e saiu ileso, pois ela estica seus seis longos pescoços sobre eles, e cada boca engole um homem. E quem nos ajudará agora? Pois Hera e Zeus nos odeiam, e nosso barco está manchado de culpa. Então devemos morrer, aconteça o que acontecer.

Então, das profundezas surgiu Tétis, a noiva de pés prateados de Peleu, por amor a seu bravo marido e todas as ninfas ao seu redor. Elas brincavam como golfinhos brancos, mergulhando de onda em onda diante do barco, e em seu rastro e ao seu lado, como os golfinhos brincam. Elas alcançaram o barco e o guiaram, passando-o de mão em mão e jogando-o entre as ondas, como donzelas jogam uma bola. Quando Cila se esticou para pegá-lo, elas golpearam suas cabeças famintas, e a terrível Cila chorou, como uma criança choraria, ao toque de suas mãos macias. Mas ela se retraiu à sua caverna, assustada, pois tudo o que é mau se retrai perante o bem. E o Argo passou em segurança, enquanto uma agradável brisa surgia por trás. Tétis e suas ninfas então afundaram em suas cavernas de corais sob o mar e em seus jardins verdes e roxos, onde flores nascem o ano todo, enquanto os heróis comemoravam, ainda temendo o que viria a seguir.

Em seguida, remaram sem cessar por muitos dias exaustivos, até que viram uma ilha muito alta e longa, e, além dela, uma montanha. Eles procuraram um ancoradouro, e quando o encontraram, para lá remaram com confiança. Mas após algum tempo pararam e refletiram, pois havia uma grande cidade naquela costa, com templos, muros, jardins e castelos altos sobre os promontórios. E em ambos os lados viam um ancoradouro, com uma entrada estreita, mas muito amplo por dentro, e lá havia um sem-número de navios pretos, parados na praia.

Então, o sábio timoneiro Anceu disse:

— Que nova maravilha é essa? Conheço todas as ilhas e portos, e os meandros de todos os mares, mas este deve ser Córcira, habitado por uns poucos rebanhos de cabras selvagens. Mas de onde vieram esses ancoradouros e vastos trabalhos em pedra polida?

— Não devem ser povos selvagens. Vamos entrar e arriscar — disse Jasão.

Assim eles remaram até o porto, seguindo ao cais de pedra polida, em meio a milhares de navios de pontas pretas, cada um muito maior do que o Argo. Estavam maravilhados com a imponente cidade, com seus telhados de latão polido e longos e amplos muros de mármore, com robustas paliçadas no alto. O cais estava repleto de pessoas, comerciantes, marinheiros e escravos, indo de um lado para o outro com mercadorias entre a multidão de navios. O coração dos heróis se tornou humilde, e eles trocavam olhares entre si, dizendo:

— Pensávamos ser uma tripulação nobre quando partimos de Iolcos, à beira-mar, mas como parecemos pequenos perante esta cidade, tal como uma formiga perante uma colmeia cheia de abelhas.

Mas os marinheiros os chamaram do cais:

— Quem são vocês? Não queremos forasteiros aqui, nem piratas. Mantemos nossos negócios entre nós.

Mas Jasão respondeu gentilmente, com palavras lisonjeiras, elogiando a cidade, seu porto e as frotas de nobres navios:

— Certamente são filhos de Poseidon, e mestres do mar. Somos apenas pobres marinheiros errantes, cansados pela sede e labuta. Deem-nos água e comida, e continuaremos nossa jornada em paz.

Os marinheiros riram e responderam:

— Forasteiro, você não é tolo. Fala como um homem honesto, e verá que somos honestos também. Somos filhos de Poseidon e mestres do mar, mas venha à nossa costa e receberá o melhor que podemos oferecer.

Assim eles se dirigiram vagarosamente à praia, rígidos e cansados, com longas barbas esfarrapadas e bochechas queimadas de sol, roupas rasgadas e manchadas pelo tempo, e armas enferrujadas pela maresia, enquanto os marujos riam deles – pois não mediam palavras, embora o coração deles fosse franco e gentil. Um deles avaliou:

— Esses camaradas não são nada além de marinheiros inexperientes. Parece que ficaram o dia todo enjoados com o balanço do barco.

— Suas pernas ficaram tortas de tanto remar, e agora cambaleiam como patos ao andar — disse outro.

O impulsivo Idas os teria golpeado, mas Jasão o impediu, até que um dos reis comerciantes, um homem alto e solene, falou com eles:

— Não fiquem zangados, forasteiros. Os jovens marinheiros estão apenas brincando. Mas os trataremos com justiça e gentileza, pois os forasteiros e pobres vêm de Deus, e vocês não parecem ser marinheiros comuns, a julgar pela força, altura e armas.

Mas Medeia ficou para trás, trêmula, e sussurrou ao ouvido de Jasão:

— Seremos traídos, e estamos caminhando para nossa ruína, pois vejo compatriotas em meio à multidão. Colchianos de olhos escuros vestindo cotas de malhas de aço, tal como utilizam nas terras de meu pai.

— É tarde demais para voltar — falou Jasão.

Depois, disse ao chefe comerciante:

— Que país é este, bom senhor, e qual é esta cidade recém-construída?

— Esta é a terra dos Feácios, amados por todos os Imortais, pois vêm aqui e se banqueteiam como amigos, e se sentam ao nosso lado no salão. Viemos até aqui da Libúrnia, fugindo dos ciclopes desonestos. Eles nos roubaram, nós, comerciantes pacíficos, de nossos artigos e riquezas conquistados com muito suor. Então Nausítoo, o filho de

Poseidon, nos trouxe até aqui, e morreu em paz. Agora seu filho Alcínoo é nosso rei, e Aretê é a rainha mais sábia de todas.

Assim eles atravessaram a praça, e se impressionavam ainda mais conforme avançavam. Pelo cais havia fileiras de grandes cabos, bastões e mastros perante o belíssimo templo de Poseidon, o rei dos mares de cabelos azuis. Ao redor da praça trabalhavam os construtores de navios, tão numerosos quanto formigas, entrelaçando cordas, cortando madeira e alisando grandes bastões e remos de madeira. Os minoicos avançaram em silêncio por ruas de mármore, limpas e brancas, até que chegaram ao palácio de Alcínoo, e se maravilharam ainda mais. Pois o amplo palácio brilhava ao sol, com muros de latão chapeado, da soleira ao cômodo mais interno, e com portas de prata e ouro. Em cada lado da entrada sentavam-se cães de ouro, que nunca envelheciam ou morriam, tão bem os tinha feito Hefesto em suas forjas esfumaçadas em Lemnos, que os deu a Alcínoo para guardar os portões à noite. No interior, contra as paredes, havia tronos em cada lado, por todo o comprimento do salão, cobertos com mantos ricos e lustrosos. Neles os chefes comerciantes daqueles habilidosos itinerantes marítimos da Feácia se sentavam e comiam orgulhosos, e lá se banqueteavam o ano todo. Meninos de ouro derretido ficavam cada um sobre um altar reluzente e seguravam tochas nas mãos, iluminando os convidados a noite toda. Por todo o recinto havia cinquenta servas, algumas moendo metal no moinho, outras girando a roca, outras tecendo no tear, enquanto suas mãos moviam-se rapidamente conforme passavam coisas umas às outras, como folhas trêmulas de álamo.

Do lado de fora, perante o palácio, um enorme jardim era cercado, repleto de magníficas árvores frutíferas, com olivas, figos doces, e romãs peras e maçãs, que davam frutos o ano todo. Pois o rico vento sudoeste as alimentava, até que pera após pera amadurecia, figo após figo, uva após uva, durante todo o invento e toda a primavera. E na ponta mais distante, alegres canteiros floresciam em todas as estações do ano, e havia duas belas nascentes, uma no perímetro do jardim, e outra sob os portões do palácio, que forneciam água a toda a cidade. Esses eram os nobres presentes que os céus haviam concedido a Alcínoo, o sábio.

Assim, eles entraram, e o viram sentado em seu trono, como Poseidon, com seu cetro de ouro por perto, vestido com trajes rígidos em ouro, e segurando um cálice esculpido enquanto brindava aos chefes comerciantes. Ao seu lado estava Aretê, sua sábia e adorável esposa, apoiada sobre um pilar enquanto tecia fios de ouro.

Alcínoo então se levantou, deu-lhes as boas-vindas e convidou-os para se sentar e comer. As criadas trouxeram mesas, pão, carne e vinho.

Mas Medeia prosseguiu, trêmula, em direção à bela rainha Aretê, e se pôs de joelhos, agarrando os da rainha e chorando, aos prantos:

— Sou sua convidada, bela majestade, e imploro, em nome de Zeus, de quem vêm as súplicas. Não me mande de volta ao meu pai para morrer uma morte terrível. Deixe-me seguir meu caminho e carregar meu fardo. Não tive punição e vergonha o suficiente?

— Quem é você, donzela forasteira? E o que significa sua súplica?

— Sou Medeia, filha de Eetes, e vi meus compatriotas aqui hoje, e sei que virão me buscar e me levarão de volta para casa, onde uma morte terrível me aguarda.

Aretê franziu o cenho e pediu:

— Levem esta moça para dentro, minhas criadas, e deixem que os reis decidam, e não eu.

Alcínoo saltou de seu trono e bradou:

— Falem, forasteiros, quem são vocês? E quem é esta donzela?

— Somos os heróis dos minoicos — disse Jasão —, e esta donzela disse a verdade. Somos os homens que conquistaram o velocino de ouro, os homens cuja fama tem percorrido cada costa. Viemos do oceano, após sofrimentos como nenhum homem jamais viu. Fomos em muitos, retornamos em poucos, pois perdemos muitos nobres camaradas. Deixem-nos ir em paz, tal como deixariam seus convidados, de modo que o mundo dirá "Alcínoo é um rei justo".

Mas a expressão de Alcínoo se enrijeceu, e ele pensou profundamente, até que enfim disse:

— Não tivesse ocorrido o que ocorreu, eu teria dito hoje a mim mesmo: "É uma honra para Alcínoo e seus filhos que os célebres argonautas sejam seus convidados". Mas esses colchianos são meus convidados, assim como vocês, e por todo este mês eles esperaram aqui com toda a sua frota, pois buscaram em todos os mares da Hélade e não conseguiram encontrá-los, e não ousavam avançar ou voltar para casa.

— Deixemos que escolham seus campeões, e lutaremos contra eles, homem contra homem.

— Nenhum de nossos convidados lutará em nossa terra. E se vocês partirem, eles terão mais homens. Farei justiça entre vocês, pois sei e faço o que é certo.

Ele então se voltou aos chefes e disse:

— A questão pode aguardar até amanhã. Esta noite ofereceremos um banquete aos convidados e ouviremos a história de sua jornada, e como vieram até aqui pelo mar.

Assim, Alcínoo ordenou que os criados acolhessem os heróis, permitissem que se banhassem e lhes dessem o que vestir. Eles ficaram contentes quando viram água quente, pois fazia muito tempo desde que haviam tomado banho. Lavaram o sal do mar de seus membros, se untaram da cabeça aos pés com óleo e pentearam seus cabelos dourados. Quando voltaram ao salão, os chefes comerciantes se levantaram em respeito a eles. Cada homem disse ao seu vizinho:

— Não é surpresa que tais homens tenham obtido fama. Ostentam figuras de Gigantes, ou Titãs, ou Imortais que desceram do Olimpo, embora muitos tormentos os tenham desgastado, e muitas tempestades horríveis. Como teriam sido quando partiram de Iolcos, na flor da juventude, há muito tempo?

Então, eles saíram ao jardim, e um dos príncipes comerciantes disse:

— Heróis, façam uma corrida conosco. Vejamos quem tem os pés mais ágeis.

Quem é você, donzela forasteira? E o que significa sua súplica?

— Não podemos correr contra vocês, pois nossos membros estão enrijecidos pelo mar, e perdemos dois camaradas ágeis, os filhos de Bóreas, o vento norte. Mas não pense que somos covardes: se deseja testar nossa força, podemos disparar e lutar contra qualquer homem na Terra.

Alcínoo respondeu, sorrindo:

— Acredito em vocês, nobres convidados, com seus membros longos e ombros largos: jamais poderíamos competir. Mas aqui não apreciamos luta, ou disparar flechas com o arco. Apreciamos banquetes, música, lira, dança e corridas, para esticar as pernas na praia.

Então eles dançaram e correram, os alegres chefes comerciantes, até que a noite caiu, e todos entraram.

Em seguida, eles comeram e beberam, confortando suas almas exaustas, até que Alcínoo chamou um mensageiro e ordenou que buscasse um harpista.

O mensageiro saiu e buscou o harpista, guiando-o pela mão. Alcínoo cortou um pedaço de carne, do pernil mais gordo, e o enviou a ele, dizendo:

— Cante para nós, nobre harpista, e alegre os corações dos heróis.

Assim, o harpista tocou e cantou, enquanto os dançarinos dançaram representações estranhas. Em seguida, os acrobatas exibiram seus truques, até que os heróis riram novamente.

— Digam-me, heróis — iniciou Alcínoo —, você que navegaram por todo o oceano e viram os costumes de todas as nações, já viram dançarinos tais como os que temos aqui? Ou ouviram músicas e cantores tais como estas? Pensamos que os nossos são os melhores no mundo.

— Dança tal como esta, jamais havia visto — disse Orfeu —, e seu cantor é um felizardo, pois o próprio Febo Apolo deve lhe ter ensinado. Caso contrário, deve ser o filho de uma Musa, tal como também sou, tendo cantado vez ou outra, mas não tão bem quanto ele.

— Então, cante para nós, nobre forasteiro — pediu Alcínoo —, e te daremos presentes preciosíssimos.

Orfeu então tomou sua lira mágica e cantou para eles uma canção animada a respeito de sua viagem de Iolcos, e seus perigos, e como eles conquistaram o velocino de ouro. Cantou sobre o amor de Medeia, como ela os ajudou e os acompanhou por terra e mar, e todos os pavorosos perigos, de monstros, rochas, tempestades, até que o coração de Aretê se abrandou e todas as mulheres derramaram lágrimas. Os chefes comerciantes se levantaram de seus tronos dourados e bateram palmas, bradando:

— Viva os nobres argonautas, que navegaram pelo mar desconhecido!

Orfeu prosseguiu, contando da jornada pelo preguiçoso canal nortenho e pelo oceano sem litoral, até a ilha das fadas do oeste. Cantou das Sereias, Cila, Caríbdis e das maravilhas que haviam presenciado, até que passou da meia-noite, e o dia raiou. Mas os chefes nem sequer haviam pensado em dormir. Cada um se sentava bem quieto e escutava, com o queixo apoiado sobre a mão.

Por fim, quando Orfeu terminou sua canção, todos se retiraram, pensativos, e os heróis se deitaram para dormir, sob o distinto alpendre do lado de fora, onde Aretê havia estendido tapetes e carpetes, na doce e tranquila noite de verão.

Mas Aretê intercedeu com veemência por Medeia perante seu marido, pois seu coração havia se suavizado. Ela dizia:

— Os deuses a punirão, e não nós. Afinal, ela é nossa convidada e me suplicou, e as filhas de Zeus são encantadas. E quem, também, ousaria separar marido e mulher após tudo o que enfrentaram juntos?

Alcínoo sorriu.

— A canção do menestrel a encantou. Mas devo me lembrar do que é certo. Pois canções não alteram a justiça, e devo ser fiel ao meu nome. Me chamo Alcínoo, o homem de senso firme. E Alcínoo serei.

Mas, ouvindo isso, Aretê lhe implorou, até que o convenceu.

Assim, na manhã seguinte, um mensageiro foi enviado, chamando os chefes à praça e dizendo:

— Eis uma questão complicada, mas lembrem-se de uma coisa. Esses minoicos vivem perto de nós, e os encontraremos com frequência nos mares. Mas Eetes vive muito longe, e conhecemos apenas seu nome.

Então, qual dos dois seria mais seguro ofender: os homens mais próximos a nós, ou os mais distantes?

Os príncipes riram e elogiaram a sabedoria do rei, e Alcínoo chamou os heróis e os colchianos à praça. Eles vieram e se posicionaram em lados opostos, mas Medeia ficou no palácio. Alcínoo então falou:

— Heróis dos colchianos, qual é a sua tarefa com a dama?

— Levá-la de volta para casa conosco, para que sofra uma morte humilhante: mas se retornarmos sem ela, sofreremos a morte que caberia a ela.

— O que diz disso, Jasão, o Eólio? — disse Alcínoo, dirigindo-se aos minoicos.

— Eu digo — respondeu o astuto Jasão — que eles vieram em uma missão inútil. Acham que conseguiriam fazê-la acompanhá-los? Vocês, os heróis da Cólquida, levando ela que conhece todos os feitiços e encantos? Ela jogará seus navios em areia movediça; ou chamará ao ataque Hécate, a caçadora selvagem; ou fará as correntes se soltarem de seus pulsos, e ela escapará em uma carruagem puxada por dragões; ou, se não assim, escapará de alguma outra forma, pois tem milhares de planos e artifícios. Para que voltar para casa, bravos heróis, e enfrentar os vastos mares de novo, e o Bósforo, e o tempestuoso mar Negro, para ter trabalho em dobro? Há muitas terras agradáveis por estes litorais, que aguardam homens destemidos como vocês. É melhor se estabelecerem aqui, construírem uma cidade e deixarem Eetes e os colchianos se resolverem sozinhos.

Então, um murmúrio surgiu entre os colchianos, e alguns bradaram:

— Ele falou bem.

— Já viajamos o suficiente, não vamos navegar pelos mares ainda mais! — diziam outros.

— Que assim seja, então. A mulher tem sido uma praga para nós, e uma praga para a casa de seu pai, e uma praga será para vocês. Levem-na, já que são tolos, e nós navegaremos rumo ao norte — por fim disse o chefe.

Alcínoo então lhes deu comida, água, roupas e preciosos presentes de todos os tipos. Deu o mesmo aos minoicos, e permitiu que todos partissem em paz.

Jasão então manteve a sombria bruxa para trazer a si tormentos e vergonha: e os colchianos foram para o norte adentrando o mar Adriático, e se estabeleceram, construindo cidades ao longo da costa.

Os heróis então remaram para o leste, para alcançar a Hélade, sua amada terra. Mas uma tempestade caiu sobre eles e os varreu para longe, rumo ao sul. Eles remaram até que se exauriram pelo esforço, em meio à escuridão e à chuva cegante, mas não sabiam dizer onde estavam, e perderam as esperanças de viver. Enfim, tocaram terra firme, e quando a luz do dia surgiu, cambalearam na água até a praia, e não viram nada por perto, exceto areia e lagos de água salgada. Haviam chegado às areias movediças de Sirte e às terríveis planícies despidas de árvores que ficam entre a Numídia e Cirene, na costa escaldante da África. Lá eles vagaram famintos por muitos dias exaustivos antes que pudessem soltar o barco novamente e adentrar mar aberto. Lá Canthus fora morto, enquanto tentava afastar ovelhas, por uma pedra que um pastor nele atirou.

Foi lá também que Mopso morreu, o vidente que conhecia as vozes de todos os pássaros: mas não pôde prever seu próprio fim, pois foi mordido no pé por uma cobra, uma daquelas que saltavam da cabeça da Górgona quando Perseu a carregava através das areias.

Por fim, partiram, remando rumo ao norte, por muitos dias fatigantes, até que a água e a comida acabaram, e eles ficaram exaustos de fome e sede. Mas, enfim, avistaram uma ilha longa e íngreme, e um pico azul muito alto entre as nuvens. Sabiam que era o pico do monte Ida e a famosa Creta. Eles disseram:

— Vamos atracar em Creta e ver Minos, o rei justo, em toda a sua glória e riqueza. Pelo menos ele nos receberá com hospitalidade e nos deixará encher nossos barris de água.

Mas quando se aproximaram da ilha, se depararam com uma vista inacreditável sobre os penhascos. Pois em um promontório ao oeste havia um gigante, mais alto que qualquer pinheiro da montanha, brilhando no alto contra o céu como uma torre de latão polido. Ele se virou e olhou em todas as direções à sua volta, até que viu o Argo e sua tripulação. Quando os viu, avançou em sua direção, mais ágil que o cavalo mais veloz. Saltou através dos vales em disparada e descendo passo a passo, marchando. Quando chegou ao mesmo nível que eles, balançava os braços para cima e para baixo, como um navio levantando e baixando os mastros. Com sua garganta metálica feito um trompete, o gigante gritava dos planaltos:

— São piratas! São ladrões! Se ousarem atracar aqui, morrerão!

— Não somos piratas. Somos homens bons e honestos, e tudo o que pedimos é comida e água — gritaram os heróis.

Mas o gigante gritou ainda mais:

— São ladrões! São todos piratas! Conheço vocês, e se atracarem, morrerão!

Então, balançou os braços novamente, enviando um sinal, e eles viram o povo fugindo para o interior da ilha, tocando os rebanhos à sua frente, enquanto uma grande chama surgia entre os planaltos. O gigante então subiu o vale correndo e desapareceu, e os heróis ficaram segurando seus remos, aterrorizados.

Mas Medeia assistia a tudo, sob suas fartas sobrancelhas pretas, com um sorriso astuto nos lábios e um plano astuto no coração. Por fim, ela falou:

— Conheço este gigante. Ouvi falar dele no leste. Hefesto, o rei do fogo, o criou em sua forja no monte Etna, sob a terra, e o chamou

Talos. Foi dado a Minos como servo, para guardar a costa de Creta. Três vezes ao dia ele dá uma volta na ilha, e nunca dorme. E se forasteiros atracam, ele salta em sua fornaça, que funciona entre os planaltos. Quando fica vermelho em brasa, ele avança sobre os forasteiros e os queima com suas mãos de bronze.

— Que faremos, sábia Medeia? — lamentavam os heróis. — Precisamos de água, ou morreremos de sede. Conseguimos enfrentar carne e sangue, mas quem pode enfrentar esse bronze quente e em brasa?

— Posso enfrentar o bronze quente em brasa, se a história que ouvi for verdadeira. Pois dizem que ele tem apenas uma veia em todo o corpo, onde corre fogo líquido, e que essa veia é fechada com um prego: mas não sei onde fica tal prego. Mas se eu puder ter o prego apenas uma vez em minhas mãos, poderemos abastecer o navio de água aqui em paz.

Ela então pediu que a levassem até a praia, remassem de volta à embarcação e aguardassem o que se desenrolaria.

Os heróis obedeceram-lhe contra a vontade, pois estavam envergonhados de deixá-la tão só. Mas Jasão disse:

— Ela é mais cara a mim do que a qualquer um de vocês. Ainda assim, confiarei nela na praia. Há mais planos do que poderíamos sonhar nos meandros desta bela e habilidosa mente que ela tem.

Assim eles deixaram a feiticeira na praia, e ela ficou lá, bela e só, até que o gigante marchou de volta todo vermelho e em brasa da cabeça aos pés, enquanto a grama chiava e esfumaçava sob seus passos.

Quando viu a donzela solitária, o gigante parou. Ela fitou seu rosto com confiança, sem se mover, e iniciou sua canção mágica:

— A vida é curta, embora seja doce. Mesmo homens de bronze e fogo devem morrer. O bronze deve enferrujar, o fogo deve esfriar, pois o tempo consome tudo à sua volta. A vida é curta, embora seja doce. Seria mais doce viver para sempre, seria mais doce viver sempre jovem como os deuses, que têm icor em suas veias. Icor que dá vida, juventude, alegria e um coração que bate.

Talos então disse:

— Quem é você, donzela forasteira, e onde está esse icor da juventude?

Medeia segurou à sua frente um frasco de cristal e mostrou:

— Aqui está o icor da juventude. Sou Medeia, a encantadora. Minha irmã Circe me deu isto e me disse: "Vá e recompense Talos, o fiel servo, pois sua fama se espalhou por todas as terras". Assim eu venho, e derramarei isto em suas veias, para que possa viver em juventude eterna.

Ele escutou as falsas palavras, o simplório Talos, e se aproximou. Medeia disse:

— Primeiro, mergulhe no mar, e se esfrie, ou queimará minhas mãos frágeis. Depois, mostre onde o prego em sua veia fica, para que eu possa derramar o icor.

O simplório Talos mergulhou no mar até que chiou, rugiu e soltou fumaça. Voltou e se ajoelhou perante Medeia, mostrando a ela o prego secreto.

Ela retirou o prego com cuidado, mas não derramou o icor. Em vez disso, o fogo líquido jorrou para fora, como uma corrente de ferro em brasa. Talos tentou se levantar, gritando:

— Você me traiu, bruxa falsa!

Mas ela levantou as mãos à frente dele, e cantou, até que ele mergulhou em seu feitiço. Conforme afundava, seus membros de bronze tilintavam pesadamente, e a terra rangia sob seu peso. O fogo líquido escorreu por seu calcanhar, como um jorro de lava, até o mar. Medeia riu e chamou os heróis:

— Venham aqui e abasteçam seu barco com água em paz.

Assim foram, e encontraram o gigante morto no chão. Eles caíram de joelhos e beijaram os pés de Medeia. Abasteceram o barco, levaram ovelhas e bois e deixaram aquela praia inóspita.

Por fim, após muitas outras aventuras, chegaram ao cabo de Maleia, no ponto sudoeste do Peloponeso. Lá ofereceram sacrifícios, e Orfeu os expurgou de sua culpa. Após isso, seguiram novamente para o norte, além da costa Laconiana, passando exaustos pelo cabo Sunião e subindo o longo estreito Euboico, até que avistaram o Pelion de novo, e Afetes, e Iolcos, à beira-mar.

Em seguida, atracaram o barco na costa, porém, não tinham mais forças para empurrá-lo até a praia. Eles rastejaram sobre os seixos e se sentaram, chorando até não poder mais: pois as casas e as árvores haviam mudado, e os rostos que viam lhes eram estranhos. Sua alegria foi engolida por pesar, enquanto lembravam-se da juventude, de toda a sua labuta e dos bravos companheiros que haviam perdido.

As pessoas se juntaram ao redor deles, perguntando-lhes:

— Quem são vocês, aqui sentados e chorando desse jeito?

— Somos os filhos de seus príncipes, que partiram ao mar há muitos anos. Partimos em busca do velocino de ouro, e o trouxemos, acompanhados de angústia. Dê-nos notícias de nossos pais e mães, se qualquer deles estiver vivo na Terra.

Então, houve gritos, risos e lágrimas, e todos os reis compareceram à praia. Conduziram os heróis aos seus respectivos lares e sofreram o luto pelos valentes finados.

Jasão então subiu com Medeia ao palácio de seu tio Pélias. Quando chegou, Pélias se sentava à lareira, debilitado e cego pela idade. Do lado oposto, sentava Esão, seu pai, também debilitado e cego. A cabeça de cada um dos dois velhos homens tremia conforme tentavam se aquecer perante o fogo.

Jasão caiu de joelhos aos pés de seu pai e chorou, chamando-o pelo nome. O velho estendeu as mãos e o sentiu, dizendo:

— Não zombe de mim, jovem herói. Meu filho Jasão morreu no mar há muito.

— Sou seu filho Jasão, aquele que confiou ao centauro no monte Pelion. E eu trouxe para casa o velocino de ouro, e uma princesa da raça do sol como minha noiva. Então, agora me ceda o reino, meu tio Pélias, e cumpra a sua promessa assim como cumpri a minha.

Seu pai então se agarrou nele como uma criança, e chorou. Sem soltá-lo, disse:

— Agora não vou sozinho para meu túmulo. Prometa-me que nunca me deixará até a minha morte.

› segunda história › Os argonautas

PARTE SEIS

O que aconteceu com os heróis?

Agora gostaria de terminar a história de uma forma agradável, mas não posso, por razões alheias à minha vontade. As antigas canções terminam de modo triste, e acredito que sejam corretas e sábias, pois embora os heróis tenham sido purificados em Maleia, sacrifícios não podem tornar bom um coração ruim. Jasão tomou uma esposa cruel, e teve que carregar seu fardo até o fim.

Primeiro, ela engendrou um plano sagaz para punir o pobre velho Pélias, em vez de deixá-lo morrer em paz. Disse às filhas dele:

— Posso tornar novas coisas velhas. Mostrarei como é fácil.

Assim, pegou uma ovelha velha e a abateu, colocando-a em um caldeirão com ervas mágicas. A feiticeira sussurrou seus encantos sobre o caldeirão, e a ovelha saltou de lá de dentro como um cordeiro jovem. Por isso, "caldeirão de Medeia" é um provérbio até hoje, que significa que em tempos de guerra e mudanças, quando o mundo se tornou velho e frágil, pode se tornar jovem de novo por meio de amargo sofrimento.

Então, disse às filhas de Pélias:

— Façam com seu pai tal como fiz com essa ovelha, e ele se tornará jovem e forte novamente.

Mas havia lhes contado apenas metade do feitiço, para que fracassassem, enquanto Medeia se divertia. O pobre velho Pélias morreu, e suas filhas caíram em miséria. Mas as canções contam que a feiticeira curou Esão, o pai de Jasão, tornando-o jovem e forte de novo.

Mas Jasão não conseguia amá-la, após todos os atos cruéis cometidos. Então, ele era ingrato a ela, e foi injusto com ela: e a feiticeira se vingou. Ela teve uma vingança terrível – terrível demais para ser contada aqui. Mas vocês ouvirão dela quando crescerem, pois foi cantada em nobres poesias e músicas. Seja verdade ou não, permanece como um aviso para que não aceitemos ajuda de pessoas más, ou obtenhamos bons fins por maus meios. Pois se usarmos uma víbora contra nossos inimigos, ela se voltará contra nós e nos morderá.

De todos os outros heróis, porém, restaram muitos contos de bravura, para os quais não tenho espaço, de modo que deverão lê-los por si próprios: a caça do javali em Calidão, que foi morto por Meleagro; os famosos doze trabalhos de Hércules; os sete que lutaram em Tebas; e o nobre amor de Castor e Pólux, os gêmeos Dióscuros – como um morreu, e o outro não pôde viver sem ele, de modo que compartilharam a imortalidade entre eles, e Zeus os transformou em estrelas gêmeas, que jamais estão no céu ao mesmo tempo.

E o que houve com Quíron, a boa criatura imortal? Esta é, também, uma história triste, pois os heróis jamais o viram de novo. Foi ferido por uma flecha envenenada, em Foloi, entre as colinas, quando Hércules abriu o fatal jarro de vinho, após Quíron tê-lo alertado a não tocar. Os centauros sentiram o cheiro do vinho e se ajuntaram em sua direção. Lutaram por ele contra Hércules, que matou a todos com suas flechas envenenadas, e Quíron ficou só. O sábio centauro então pegou uma das flechas e por acaso a deixou cair sobre sua pata. O veneno fluiu como fogo por suas veias, e ele se deitou e desejou morrer, lamentando:

— Pereço pelo vinho, a praga de toda a minha raça. Por que deveria viver para sempre nessa agonia? Quem assumirá minha imortalidade para que eu possa morrer?

Então, Prometeu, o bom Titã a quem Hércules havia libertado do Cáucaso, respondeu:

— Assumirei sua imortalidade e viverei pela eternidade, para que possa ajudar os pobres homens mortais.

Quíron então lhe cedeu sua imortalidade, e morreu, descansando de seu sofrimento. Hércules e Prometeu choraram por ele e o enterraram no monte Pelion: mas Zeus o acolheu entre as estrelas, para viver pela eternidade, grandioso e tranquilo, lá embaixo no céu do extremo sul.

Com o tempo, os heróis morreram, todos exceto Nestor, o velho da língua afiada. Deixaram filhos valentes, mas não tão grandiosos quanto haviam sido. Ainda assim, sua fama também perdura até os dias de hoje, pois lutaram no cerco de dez anos de Troia e na batalha de Aquiles com os reis. E a "Odisseia", que conta a jornada de Odisseu, por muitas terras e por muitos anos, e como Alcínoo o enviou são e salvo para casa afinal – à sua amada ilha de Ítaca, à sua fiel esposa, Penélope, a seu filho, Telêmaco, o nobre pastor Euforbo e ao velho cão que lambeu sua mão e morreu. Leremos essa doce história, crianças, perante a lareira em uma noite de inverno. Agora terminarei meu conto e começarei outro, um mais alegre, de um herói que se tornou um rei digno e conquistou o amor de seu povo.

› terceira história › Teseu

PARTE UM

Como Teseu levantou a pedra

Certa vez havia uma princesa em Trezena, chamada Etra, filha do rei Piteu. Ela tinha um filho muito belo, chamado Teseu, o rapaz mais corajoso em todo o reino. Etra nunca sorria, exceto quando o olhava, pois seu marido a tinha esquecido e morava muito longe. A princesa costumava subir a montanha em Trezena, até o templo de Poseidon, e lá se sentava o dia todo a observar o horizonte da baía, sobre Methana, os picos roxos de Egina e a costa da Ática mais além. Quando Teseu completou quinze anos de idade, sua mãe o levou ao templo, adentrando a mata que crescia no quintal do templo. Ela o guiou até um plátano bem alto, sob o qual cresciam medronheiros, lentisco e urzes roxas. Lá ela suspirou e disse:

— Teseu, meu filho, entre naquela mata e encontrará uma grande pedra plana ao pé do plátano. Levante-a e traga-me o que há sob ela.

Teseu então abriu caminho em meio à densa mata e viu que estava intocada havia muitos anos. Procurando entre as raízes, encontrou uma enorme pedra plana, toda coberta com hera, acanto e musgo. Ele tentou levantá-la, mas não conseguiu. Tentou e tentou, até suor escorrer de suas sobrancelhas, pelo calor, e lágrimas rolarem de seus olhos, pela humilhação: mas foi inútil. Por fim, ele retornou à sua mãe e disse:

— Encontrei a pedra, mas não consigo levantá-la. E não acho que qualquer homem em Trezena possa fazê-lo.

Ela suspirou e falou:

— Os deuses esperam por muito tempo, mas são justos, afinal. Deixemos passar mais um ano. Talvez o dia chegue quando for o homem mais forte de Trezena.

Pegando-o pela mão, foram juntos ao templo e oraram, e depois desceram novamente para casa.

Quando um ano se passou, ela levou Teseu de novo ao templo e pediu que levantasse a pedra: mas ele não conseguiu.

Então ela suspirou, repetiu as mesmas palavras, e eles desceram, e retornaram no ano seguinte. Mas Teseu não conseguiu levantar a pedra, tampouco no ano seguinte. Ele desejava perguntar à mãe o significado da pedra e o que poderia haver sob ela. Mas sua expressão era tão triste que ele não tinha coragem de perguntar.

Então, disse a si mesmo:

— Certamente chegará o dia em que levantarei aquela pedra, embora homem algum em Trezena possa fazê-lo.

Para se fortalecer, ele passava os dias lutando, praticando pancrácio, arremessando, domando cavalos, caçando javalis e touros e pastoreando cabras e cervos entre as rochas. Até que não havia caçador mais ágil do que Teseu em qualquer montanha. Ele matou Faia, a porca selvagem de Crômion, que devastava aquela terra, de modo que as pessoas diziam: "Com certeza os deuses estão com o rapaz".

Quando seu décimo oitavo ano se passou, Etra o levou novamente ao templo e disse:

— Teseu, levante a pedra hoje, ou jamais saberá quem é.

Teseu adentrou a mata, se inclinou sobre a pedra e a puxou. E ela se moveu. Seu espírito então cresceu dentro de si, e ele disse:

— Se eu partir meu coração em meu corpo, ela se levantará.

Puxou mais uma vez e a levantou, virando-a com um grito.

Quando olhou sob a pedra, no chão havia uma espada de bronze, com um cabo de ouro brilhante, e ao lado havia um par de sandálias douradas. Ele pegou os itens e disparou pelos arbustos como um javali selvagem, e saltou para sua mãe segurando-os bem alto.

Porém, quando ela viu os objetos, chorou por muito tempo, em silêncio, escondendo seu belo rosto sob seu manto. Cansada de chorar, ergueu a cabeça, colocou um dedo sobre seus lábios e disse:

— Esconda-os em seu peito, Teseu, meu filho, e venha comigo aonde possamos ver o mar.

Eles saíram dos muros sagrados e olharam lá embaixo o mar azul e vívido. Etra disse:

— Vê esta terra sob nossos pés?

— Sim, é Trezena, onde nasci e fui criado — respondeu ele.

— Não passa de uma terra pequena, infértil e pedregosa, voltada em direção ao sombrio nordeste. Vê aquela terra mais além? — perguntou ela.

— Sim, é Ática, onde os vivem os atenienses.

— Aquela é uma bela e ampla terra, Teseu, meu filho. E é voltada em direção ao ensolarado sul. É uma terra de azeite e mel, as alegrias dos deuses e dos homens. Pois os deuses a abençoaram com montanhas, cujos veios são de prata pura, e seus ossos de mármore branco como a neve. Lá as colinas são doces com tomilho e manjericão, e os prados com violetas e asfódelos, e os rouxinóis cantam o dia todo nos bosques, ao lado dos regatos de fluxo constante. Há doze cidades bem povoadas, lares de uma antiga raça – os filhos de Cécrope, o rei serpente, filho da mãe Terra – que usa cigarras de ouro entre os cabelos dourados, pois, assim como as cigarras, eles saltam da terra e cantam o dia todo, regozijando-se sob o amigável sol. O que faria, meu filho Teseu, se fosse o rei de tal terra?

Teseu ficou surpreso, enquanto olhava através do amplo e vívido mar e via a bela costa da Ática, de Sunião aos montes Hymettus e Pentélico, e todos os picos das montanhas que rodeiam Atenas. Mas não conseguia ver Atenas em si, pois o Egina roxo ficava na frente, entre a cidade e o mar.

Seu coração se expandiu dentro dele, e ele disse:

— Se eu fosse rei de tal terra, reinaria com razão, sabedoria e coragem, de modo que, quando morresse, todos os homens chorariam sobre meu túmulo e diriam: "Que infelicidade pelo pastor de seu povo!".

Vê aquela terra mais além?

Etra sorriu e disse:

— Pegue, então, a espada e as sandálias e vá até Egeu, o rei de Atenas, que vive na colina de Palas, e diga a ele: "A pedra foi levantada, mas de quem são os prêmios debaixo dela?". E então mostre a ele a espada e as sandálias, e aceite a vontade dos deuses.

— Devo deixá-la, ó, minha mãe? — chorou Teseu.

— Não chore por mim — respondeu ela. — Aquele que é destinado, assim deve cumprir. O sofrimento é fácil para aqueles que não fazem nada senão sofrer. Minha juventude foi repleta de pesar, e minha vida adulta foi repleta de pesar. Minha juventude foi repleta de pesar por Belerofonte, o matador da Quimera, a quem meu pai expulsou por traição, e minha velhice será repleta de pesar, pois vejo meu destino em sonhos: os filhos do Cisne me prenderão e me levarão ao solitário vale de Eurotas, até que eu seja levada como escrava através dos mares, a aia da peste da Grécia. Mas ainda serei vingada, quando os heróis de cabelos dourados navegarem contra Troia e saquearem seus palácios. Então, meu filho me libertará de minha escravidão, e ouvirei o conto da fama de Teseu. Ainda além vejo novos sofrimentos, mas posso suportá-los, tal como fiz no passado.

Em seguida, beijou-o e chorou por ele. Entrou no templo, e Teseu não a viu mais.

› terceira história › Teseu

PARTE DOIS

Como Teseu abateu os devoradores de homens

Teseu então ficou lá sozinho, com a mente repleta de esperanças. Primeiro, pensou em descer ao ancoradouro, contratar um barco veloz e navegar até a baía de Atenas. Mas mesmo isso parecia lento demais, e ele desejou ter asas para voar sobre o mar e encontrar seu pai. Mas após algum tempo, seu coração começou a vacilar, e ele suspirou, dizendo a si mesmo:

— E se meu pai tiver outros filhos com ele, muito amados? E se ele não quiser me receber? E o que fiz eu para que ele me receba? Fui esquecido desde o momento em que nasci. Por que seria bem-vindo agora?

Então ele pensou por muito tempo, com tristeza, e por fim bradou em voz alta:

— Sim! Farei com que me ame, pois me provarei digno de seu amor. Conquistarei honra e renome e praticarei atos que deixarão Egeu orgulhoso de mim, mesmo que tenha cinquenta outros filhos! Hércules não conquistou honra para si, embora fosse oprimido e escravo de Euristeu? Não matou todo os tipos de ladrões e feras malignas e drenou grandes lagos e pântanos, partindo colinas ao meio com sua maça? Logo, todos os homens o honraram, pois ele os livrou de misérias e tornou a vida agradável a eles e seus filhos pelas gerações seguintes. Aonde devo ir para fazer o que Hércules fez? Onde posso encontrar estranhas aventuras, ladrões, monstros, filhos do inferno e inimigos dos homens? Procurarei por terra, montanhas, atravessarei até o istmo de Corinto. Talvez lá possa ouvir de bravas aventuras e realizar algo que conquiste o amor de meu pai.

Assim ele partiu por terra, para as montanhas, com a espada de seu pai sobre a coxa, até que chegou às montanhas das Aranhas, que ficavam entre Epidauro e o mar, onde os vales desciam de um pico no meio, conforme os raios se espalhavam nas teias de aranha.

Ele subiu os vales lúgubres, entre as paredes de mármore enrugado, até que a baixada ficou azul sob seus pés, e as nuvens passavam úmidas sobre sua cabeça.

Mas subia sem parar, em meio às teias de aranha dos vales, até que pôde ver os estreitos golfos se espalhando abaixo – norte e sul, leste e oeste –, rachaduras pretas meio preenchidas com névoa e sobretudo um abismo lúgubre.

Mas devia passar pelo abismo, pois não havia caminho para a esquerda ou direita. Então ele enfrentou os pântanos e os obstáculos, até que chegou a uma pilha de pedras.

Sobre as pedras havia um homem sentado, envolto em um manto de pele de urso. A cabeça do urso servia como capuz, e seus dentes sorriam brancos ao redor de suas sobrancelhas. As patas estavam amarradas ao redor do pescoço, e as garras brilhavam brancas sobre seu peito. E quando viu Teseu, se levantou e riu até que os vales ressoaram.

— E quem é você, bela mosca, que adentrou na teia da aranha?

Mas Teseu caminhava com firmeza, e não respondeu. Mas pensou: *Será um ladrão? Terá uma aventura finalmente chegado até mim?*

Mas o estranho riu ainda mais alto, dizendo:

— Mosca atrevida, não sabe que estes vales são as teias das quais mosca alguma jamais consegue sair, e esse abismo é o lar da aranha, e que eu sou a aranha que atrai as moscas? Venha aqui e deixe-me fazer de você um banquete, pois é inútil fugir: minha teia foi espalhada com muita habilidade por meu pai, Hefesto, quando criou estas fendas nas montanhas, de onde homem algum consegue sair.

Mas Teseu se aproximou com estabilidade e perguntou:

— E qual é o seu nome, brava aranha? E onde estão suas presas de aranha?

O estranho riu novamente:

— Meu nome é Perifetes, filho de Hefesto e Anticleia, a ninfa da montanha. Mas os homens me chamam de Corinetes, o porta-maça, e aqui está a minha presa de aranha.

Ele ergueu das pedras ao seu lado uma imponente maça de bronze.

— Foi meu pai que me deu. Ele mesmo a forjou nas profundezas da montanha, e com ela eu sovo as orgulhosas moscas até que liberem sua gordura e doçura. Então me dê essa bela espada que carrega, seu manto e suas sandálias douradas, senão vou golpeá-lo, e morrerá por azar.

Mas Teseu rapidamente enrolou o manto ao redor do braço esquerdo, apertando-o, do ombro à mão, e desembainhou a espada, avançando sobre o porta-maça, que também avançava sobre ele.

Teseu foi golpeado três vezes, sendo forçado a se curvar sob as pancadas como uma plantinha. Mas guardava a cabeça com o braço esquerdo e o manto que havia amarrado.

E três vezes Teseu se ergueu novamente após cada golpe, como uma plantinha após uma tempestade. Ele dava estocadas com a espada sobre o porta-maça, mas as dobras soltas da pele de urso o protegiam.

Teseu então se enfureceu e se aproximou de Perifetes, agarrando-o pelo pescoço, e os dois caíram e rolaram juntos. Quando Teseu se levantou do chão, o porta-maça estava deitado, imóvel, aos seus pés.

Em seguida, Teseu pegou sua maça e a pele de urso e o abandonou aos predadores e corvos. Continuou sua jornada pelos vales até o declive mais distante, até que chegou a um vale amplo e verde, onde viu bandos e rebanhos dormindo sob as árvores.

Ao lado da agradável fonte, à sombra das rochas e árvores, havia ninfas e pastores dançando. Mas nenhum deles cantava enquanto dançavam.

Quando viram Teseu, gritaram. Os pastores fugiram, tocando seus rebanhos, enquanto as ninfas mergulharam na fonte como galeirões, desaparecendo.

Teseu ficou surpreso e riu:

— Que costumes estranhos as pessoas têm por aqui, fugindo de forasteiros e dançando sem música!

Mas ele estava cansado, sujo e com sede. Então logo se esqueceu deles, mas bebeu e se banhou na fonte cristalina, e se deitou à sombra sob o plátano enquanto a água lhe cantava uma canção de ninar, gotejando de pedra em pedra.

Quando acordou, ouviu um sussurro e viu as ninfas espiando-o do outro lado da fonte, da entrada escura de uma caverna, onde se sentavam sobre almofadas verdes de musgo. Uma delas disse:

— Certamente não é Perifetes.

— Não parece ser um ladrão, mas um jovem belo e gentil — disse outra.

Teseu sorriu e as chamou:

— Belas ninfas, não sou Perifetes. Ele dorme entre os predadores e os corvos. Mas tomei e trouxe comigo sua pele de urso e sua maça.

Elas atravessaram a fonte, aproximando-se dele, e chamaram os pastores de volta. Teseu contou-lhes como havia abatido o porta-maça. E os pastores beijaram seus pés e comemoraram:

— Agora poderemos alimentar nossos rebanhos em paz e tocar música sem medo quando dançarmos. Pois o cruel porta-maça encontrou um oponente à altura e não ouvirá mais nosso canto.

Quando viram Teseu, gritaram, e os pastores fugiram

Em seguida, trouxeram-lhe carne de cabra e vinho, e as ninfas trouxeram-lhe mel das rochas. Ele comeu, bebeu e dormiu de novo, enquanto as ninfas e os pastores dançavam e cantavam. Quando acordou, eles imploraram que ficasse, mas ele não podia.

— Tenho muito a fazer — disse ele. — Devo partir para o istmo, para chegar a Atenas.

Mas os pastores disseram:

— Irá sozinho para Atenas? Ninguém viaja mais assim, exceto grupos armados.

— Tenho armas o suficiente, como podem ver. E quanto ao grupo, um homem honesto é companhia boa o suficiente para si mesmo. Por que não deveria ir sozinho a Atenas?

— Se for, deve tomar muito cuidado no istmo, pois pode cruzar com o ladrão Sínis, a quem os homens chamam de Pítiocampto, o verga-pinheiro, pois ele dobra dois pinheiros e amarra os pés e mãos dos viajantes entre eles. E, quando solta as árvores, seus corpos são esticados e partidos.

— Após isso — disse outro —, deve ir para o interior, e não ouse passar sobre os penhascos de Círon, pois à esquerda há montanhas, e à direita há o mar. Então não terá saída senão cruzar com o ladrão Círon, que fará com que você lave seus pés. E enquanto os estiver lavando, o derrubará penhasco abaixo com um pontapé, para a tartaruga que vive lá embaixo, que se alimenta dos corpos que caem.

Antes que Teseu pudesse responder, outro bradou:

— E após isso, há um perigo ainda pior, a não ser que siga sempre pelo interior, a uma boa distância de Elêusis, à sua direita. Pois lá reina Cércion, o rei cruel, terror de todos os mortais, que matou a própria filha, Álope, na prisão. Mas ela se transformou em uma bela fonte, e seu filho foi abandonado nas montanhas. As éguas selvagens deram-lhe leite, e agora ele desafia todos a lutarem com ele, pois é o melhor lutador em toda a Ática e derrota todos que se apresentam. Os derrotados são mortos de modo terrível, e o pátio de seu palácio é repleto de ossos.

Teseu então franziu o cenho e disse:

— Parece realmente uma terra sem lei, com aventuras o suficiente a serem desafiadas. Mas se sou herdeiro dela, reinarei e a corrigirei, e aqui está meu cetro real — disse, balançando sua maça de bronze, enquanto as ninfas e os pastores se amontoavam ao seu redor, pedindo para que não partisse.

No entanto, ele partiu mesmo assim, até que pudesse ver os mares e a citadela de Corinto erguendo-se bem alto sobre toda a terra. Ele passou rápido pelo istmo, pois seu coração queimava de ansiedade por encontrar Sínis. Por fim, em um bosque de pinheiros, eles se encontraram, onde o istmo de Corinto era mais estreito e o caminho passava entre rochas altas. Lá estava ele sentado sobre uma pedra à beira do caminho, com um abeto jovem sobre os joelhos como uma maça e uma corda no chão ao seu lado. Sobre sua cabeça, acima dos abetos, estavam pendurados ossos de homens assassinados.

Teseu gritou:

— Olá, valente verga-pinheiro. Tem dois abetos sobrando para mim?

Sínis levantou em um salto e respondeu, apontando para os ossos sobre sua cabeça:

— Minha despensa tem ficado vazia ultimamente, então tenho dois abetos prontos para você.

E então avançou sobre Teseu, erguendo a maça, e Teseu avançou sobre ele.

Em seguida, eles batalharam até que o bosque ressoou: mas o metal era mais forte que o pinheiro, e a maça de Sínis se partiu quando o bronze a golpeou. Teseu deu-lhe mais um poderoso golpe e acertou Sínis no rosto. Ajoelhou-se sobre as costas do verga-pinheiro e o amarrou com suas próprias cordas, dizendo:

— Tal como fez com os outros, assim será feito contigo.

Então, ele dobrou dois abetos jovens e amarrou Sínis entre eles, apesar de sua resistência e orações, e os soltou, finalizando-o. Depois, continuou seu caminho, deixando-o aos falcões e corvos.

Subiu as colinas em direção a Mégara, mantendo-se próximo ao mar Sarônico, até que chegou aos penhascos de Círon e ao caminho estreito entre as montanhas e o mar.

Lá ele viu Círon sentado próximo a uma fonte, na borda do penhasco. Sobre seus joelhos havia uma grande maça. O caminho havia sido bloqueado com pedras, para que todos que subissem parassem ali.

Teseu gritou:

— Olá, guardião da tartaruga. Seus pés precisam de uma lavagem hoje?

Círon se levantou em um salto e respondeu:

— Minha tartaruga está faminta, e meus pés precisam ser lavados hoje.

Ele se colocou perante a barreira de pedras e levantou sua maça com ambas as mãos.

Teseu avançou sobre ele, e árdua foi a batalha sobre o penhasco, pois quando Círon sentiu o peso da maça de bronze, largou a sua própria e agarrou Teseu no corpo a corpo, tentando atirá-lo do penhasco com força bruta. Mas Teseu era um lutador cuidadoso e largou sua própria maça, agarrando Círon pelo pescoço e pelo joelho, forçando-o contra a parede de pedras, esmagando-o até que sua respiração tivesse quase desaparecido. Círon ofegava e suplicava:

— Me solte, e o deixarei passar.

Mas Teseu respondeu:

— Não devo passar até que o caminho tenha sido aberto.

Forçou-o contra a parede até que ela foi derrubada, e Círon rolou ao chão. Teseu o levantou, todo ferido, e disse:

— Venha aqui e lave meus pés.

Puxou a espada, sentou-se perto do penhasco e disse:

— Lave meus pés, ou o cortarei em pedacinhos.

Círon lavou seus pés, trêmulo, e quando terminou, Teseu se levantou e bradou:

— Tal como fez com os outros, assim será feito contigo. Vá alimentar sua tartaruga por si próprio.

E o enviou penhasco abaixo com um pontapé.

Se a tartaruga o comeu, não sei dizer. Alguns dizem que a terra e o mar se recusaram a receber seu corpo, tão roto que estava com pecado, de forma que o mar o deixou na praia, e a praia o jogou de volta ao mar. Por fim as ondas o arremessaram aos ares, enfurecidas, e ele ficou lá por muito tempo, sem túmulo, até que se transformou em uma pedra solitária, que fica lá durante a maré cheia até hoje.

O que é verdade, diz Pausânias, é que no pórtico real em Atenas ele viu a figura de Teseu modelada em argila, e perto dele estava o ladrão Círon, caindo de cabeça no mar.

Teseu continuou sua jornada durante um longo dia, passando por Mégara e adentrando a região da Ática, e muito alto à sua frente se erguiam os picos nevados do monte Citerão, todo frio sobre os bosques de pinheiros, assombrados pelas Fúrias, pelas Bacantes desvairadas e pelas ninfas que enlouquecem os homens, muito altos sobre as montanhas lúgubres, onde tempestades uivam dia e noite. À sua direita havia sempre o mar, e Salamina, com suas ilhas altas, e o sagrado estreito da batalha marítima, para onde os persas fugiam antes dos gregos. Assim ele prosseguiu até anoitecer, quando viu a planície Triasiana e a cidade sagrada de Elêusis, onde fica o templo da mãe Terra. Pois lá Deméter, a mãe Terra, carregando um ramalhete de milho em mãos, conheceu Triptólemo, quando toda a área era deserta. Ela o ensinou a colocar as vacas preguiçosas no jugo, a plantar sementes e a colher o grão dourado, e o enviou para ensinar a todas as nações e dar milho aos trabalhadores. Assim, em Elêusis todos os homens a veneram, seja lá quem lavre a terra. A ela e a seu amado Triptólemo, que deram milho aos trabalhadores.

Teseu continuou pela planície de Elêusis e, ao chegar ao mercado, perguntou:

— Onde está Cércion, o rei desta cidade? Devo lutar contra ele hoje.

Todos se amontoaram ao seu redor e responderam:

— Belo jovem, por que tem de morrer? Saia da cidade rápido, antes que o cruel rei ouça que um forasteiro está aqui.

Mas Teseu caminhou pela cidade, enquanto as pessoas lamentavam e oravam, e atravessou os portões do pátio do palácio e as pilhas de ossos e crânios, até que chegou à porta do salão de Cércion, o terror de todos os mortais.

Lá viu Cércion sentado à mesa no salão, sozinho. Diante dele havia um carneiro inteiro assado, e ao seu lado, um jarro inteiro de vinho. Teseu o chamou:

Vá alimentar sua tartaruga por si próprio

— Olá, valente lutador. Gostaria de lutar comigo hoje?

Cércion levantou o olhar e riu, respondendo:

— Lutarei com você hoje. Mas entre, pois estou solitário, e você está cansado. Coma e beba antes de morrer.

Teseu entrou com confiança e se sentou diante de Cércion na mesa. Comeu sua porção de carne de carneiro e bebeu sua porção de vinho. Teseu comeu por três homens, e Cércion comeu por sete.

Mas nenhum deles disse uma palavra ao outro, embora furtassem olhares um ao outro através da mesa em segredo. Ambos pensavam consigo mesmos:

Ele tem ombros largos, mas tenho certeza de que os meus são tão largos quanto os dele.

Por fim, quando o carneiro havia sido devorado e o jarro de vinho havia secado, o rei Cércion se levantou e bradou:

— Vamos lutar antes de dormir.

Eles se despiram de todas as roupas e se dirigiram ao pátio do palácio. Cércion mandou espalharem areia fresca sobre um espaço aberto entre os ossos. Lá os heróis ficavam cara a cara, enquanto seus olhos os encaravam como touros selvagens. Todo o povo formou uma multidão à frente dos portões para ver o resultado.

Lá eles se posicionaram e lutaram, até que as estrelas começaram a brilhar sobre sua cabeça. Para cima, para baixo e rodando em círculos – até que a areia ficou batida sob seus pés. Seus olhos brilhavam como estrelas na escuridão, e suas respirações subiam como fumaça no ar noturno, mas nenhum deles dava ou recuava um passo sequer, e as pessoas assistiam em silêncio dos portões.

Mas enfim Cércion se enfureceu e agarrou Teseu pelo pescoço, sacudindo-o como um mastim sacode um rato. Mas não conseguia sacudi-lo a ponto de derrubá-lo.

Teseu era ágil e cuidadoso, e se agarrou à cintura de Cércion, puxando seu quadril rapidamente para baixo de si enquanto o pegava pelo pulso. E então, com um puxão poderoso, tão forte que abalaria um carvalho, levantou o rei e o arremessou por sobre o ombro, direto ao chão.

Teseu pulou sobre ele e bradou:

— Renda-se, ou o matarei!

Mas Cércion não disse palavra, pois seu coração havia se arrebentado dentro dele com a queda, a carne e o vinho.

Teseu então abriu os portões e chamou a multidão para entrar. Eles diziam:

— Você abateu nosso rei cruel. Seja agora nosso rei e reine bem sobre nós!

— Serei seu rei em Elêusis, e reinarei bem e com justiça, pois abati todos os malfeitores: Sínis e Círon, e por último este homem.

Em seguida, um velho deu um passo à frente e disse:

— Jovem herói, disse que matou Sínis? Nesse caso, tome cuidado com Egeu, o rei de Atenas, a quem você busca, pois ele tem parentesco muito próximo de Sínis.

— Sendo assim, matei meu próprio sangue — disse Teseu —, embora ele bem merecesse morrer. Quem me expurgará de sua morte? Pois agi corretamente ao matá-lo, maligno e amaldiçoado que era.

— Isso os heróis farão, os filhos de Fítalo — respondeu o ancião —, que vivem sob o ulmeiro em Afidna, perto do rio de prata Cefiso, pois conhecem os mistérios dos deuses. Deve ir para lá e ser purificado, e após isso poderá ser nosso rei.

Assim, ele recebeu um juramento do povo de Elêusis de que serviriam a ele como rei, e partiu na manhã seguinte, atravessando a planície Triasiana e as colinas em direção a Afidna, para encontrar os filhos de Fítalo.

Enfim Cércion se enfureceu e agarrou Teseu pelo pescoço

Conforme circundava o vale do Cefiso, ao longo do pé do vasto monte Parnitha, um homem muito alto e forte desceu para encontrá-lo, vestido em trajes finos. Em seus braços usava braceletes, e ao redor do pescoço usava um colar de joias. Ele se aproximou, fazendo uma reverência cortês, e estendeu ambas as mãos, dizendo:

— Seja bem-vindo, belo jovem, a estas montanhas. Estou muito feliz em tê-lo encontrado! Pois não há prazer maior a um bom homem que receber forasteiros! Mas vejo que está cansado. Venha ao meu castelo e descanse por um tempo.

— Eu agradeço — disse Teseu —, mas estou com pressa para subir o vale e chegar a Afidna, no vale de Cefiso.

— Que pena! Distanciou-se muito do caminho certo, e não conseguirá chegar a Afidna esta noite, pois são muitos quilômetros de montanha no caminho, e passagens íngremes e penhascos perigosos após o anoitecer. Foi sorte a sua que o encontrei, pois minha maior alegria é encontrar forasteiros e banqueteá-los em meu castelo, ouvindo suas histórias de terras distantes. Suba comigo e coma do melhor veado, beba o fino vinho tinto e durma sobre meu extraordinário leito, que os viajantes afirmam jamais terem visto igual. Pois não importa a estatura de meu hóspede, seja baixo ou alto, o leito se adéqua com exata precisão, providenciando um sono sem igual.

Ele segurou as mãos de Teseu, e não as soltava.

Teseu desejava continuar seu caminho, mas estava envergonhado de parecer rude com o homem tão hospitaleiro. E estava curioso para ver o incrível leito. Além do mais, estava com fome e cansado. Mesmo assim, se retraiu, sem saber a razão: pois, embora a voz do homem fosse calorosa e simpática, era seca e rouca como a de um sapo. Embora seus olhos fossem gentis, eram turvos e frios como pedras. Mas ele consentiu, e acompanhou o homem subindo um vale que os afastava do caminho dos picos de Parnitha, sob a sombra escura dos penhascos.

Conforme subiam, o vale ficou cada vez mais estreito, e os penhascos ficaram mais altos e mais escuros, com torrentes rugindo abaixo, meio visíveis entre as fendas do calcário. Ao redor não havia árvores ou arbustos, enquanto os sopros de neve vinda dos picos do Parnitha varriam o bosque, cortando e esfriando, até que um terror recaiu sobre Teseu ao olhar aquele lugar lúgubre ao seu redor. Enfim, disse:

— Parece-me que seu castelo fica em uma região sombria.

— Sim, mas dentro dele a hospitalidade deixa tudo mais alegre. Mas quem são esses?

Ele olhou para trás, e Teseu também. Lá embaixo, a distância, perto do caminho de onde haviam saído, vinha uma fileira de burros de carga e comerciantes caminhando ao lado, cuidando de suas mercadorias.

— Ah, pobres almas! — disse o estranho. — Quem bom que olhei para trás e os vi! E que bom para mim também, pois terei mais convidados em meu banquete. Espere um pouco enquanto desço e os convido, e comeremos e beberemos juntos a noite toda. Estou muito feliz em receber dos céus tantos convidados de uma só vez!

O estranho correu de volta descendo a colina, acenando com as mãos e gritando para os comerciantes, enquanto Teseu subia lentamente a passagem íngreme.

Mas conforme subia, encontrou um homem idoso, que recolhia galhos à deriva na beira da torrente. Havia deixado seu fardo no chão, no caminho, e tentava colocá-lo de volta sobre o ombro. Quando avistou Teseu, chamou-o, dizendo:

— Belo jovem, me ajude com meu fardo, pois meus membros estão rígidos e fracos pela idade.

Teseu então levantou o fardo em suas costas. O velho agradeceu e o fitou com seriedade, dizendo:

— Quem é você, belo jovem, e para onde vai por esse caminho tão lúgubre?

— Apenas meus pais sabem quem sou. Mas viajo por esse caminho lúgubre porque fui convidado por um homem hospitaleiro, que me prometeu um banquete e um leito maravilhoso além de minha imaginação.

O velho bateu as mãos e disse:

— Ó, casa de Hades, devorador de homens, quando sua garganta estará satisfeita? Saiba, belo jovem, que está se dirigindo à tortura e à morte. Pagarei seu ato de solidariedade com outro: aquele que o encontrou é um ladrão e assassino. Qualquer estranho que cruze seu caminho é convencido a segui-lo, e é morto. E esse leito que descreve, realmente acomoda todo hóspede, mas ninguém que se deitou nele sobreviveu, salvo eu.

— Por quê? — perguntou Teseu, surpreso.

— Pois, se um homem for alto demais para caber no leito, ele corta seus membros para que fiquem do tamanho certo, e, se for baixo demais, estica os membros até que fiquem longos o suficiente. Mas apenas eu fui poupado, sete longos anos atrás, pois somente eu coube exatamente no leito. Então fui poupado e escravizado. Já fui um comerciante muito rico, e vivia em Tebas dos portões de bronze, mas agora recolho madeira e água para ele, o tormento de todos os mortais.

Teseu ficou em silêncio, mas rangia os dentes.

— Então fuja — disse o velho —, pois ele não terá misericórdia contigo. Ontem mesmo ele trouxe um jovem e uma donzela, e os adequou ao seu leito: cortou fora as mãos e os pés do jovem, e esticou os membros da donzela até a morte, e ambos pereceram de modo miserável. Mas estou cansado de lamentar as mortes. Então, vou te contar que ele se chama Procrustes, o esticador, embora seu pai o chame de Damastes. Fuja dele: mas para onde fugirá? Os penhascos são altos, quem poderia escalá-los? E não há outro caminho.

Mas Teseu colou a mão sobre a boca do velho e disse:

— Não há razão para fugir — e deu meia-volta para descer pela passagem.

— Não conte a ele que o alertei, ou sofrerei uma morte terrível — disse o homem, ficando para trás no bosque. Mas Teseu continuou, em sua ira.

Dizia a si mesmo:

— Aqui é uma terra sem lei. Quando me livrarei de todos esses monstros?

Conforme falava, Procrustes subia a colina, e os comerciantes o acompanhavam logo atrás, sorrindo e conversando alegremente. Quando viu Teseu, disse:

— Ah, meu belo jovem convidado, te fiz esperar muito?

— O homem que estica seus convidados sobre um leito — respondeu Teseu — e corta-lhes as mãos e os pés, o que será dele quando a justiça for feita por estas terras?

A expressão de Procrustes mudou, e suas bochechas ficaram tão verdes quanto as de um lagarto. Por impulso, levou a mão à espada, mas Teseu avançou sobre ele, dizendo:

— É verdade, meu anfitrião, ou é mentira? — ele agarrava a cintura e os cotovelos de Procrustes, para que não pudesse desembainhar a espada.

— É verdade, meu anfitrião, ou é mentira? — repetiu Teseu, mas Procrustes não respondeu.

Teseu então o empurrou para longe de si e ergueu sua temível maça. Desferiu um golpe antes que Procrustes pudesse golpeá-lo, derrubando-o ao chão.

Mais uma vez Procrustes foi golpeado, e sua alma maligna se esvaiu, descendo até Hades aos gritos, como um morcego na escuridão de uma caverna.

Teseu então o despiu de seus assessórios de ouro e subiu até o castelo, onde encontrou grandes riquezas e tesouros, que haviam sido roubados dos transeuntes. O povo da região, importunado por Procrustes por muito tempo, foi convocado, e partilharam entre si os tesouros. Depois, partiram e desceram a montanha.

Teseu também desceu pelos bosques do monte Parnitha, em meio a névoas, nuvens, chuva, descendo as encostas de carvalho, lentisco, medronheiro e louro fragrante, até que chegou ao vale de Cefiso e à agradável cidade de Afidna, casa dos heróis de Fítalo, que viviam sob um imponente ulmeiro.

Lá eles construíram um altar, pediram que se banhasse no Cefiso, ofereceram um carneiro de um ano e o purificaram do sangue de Sínis. Depois disso o deixaram partir em paz.

Teseu então desceu o vale de Acarnas, perto da corrente prateada, enquanto todo o povo o aclamava com bênçãos, pois sua fama e sua valentia haviam se espalhado, até que avistou as planícies de Atenas e a colina habitada pela deusa Atena.

Ele subiu passando em meio a Atenas, e as pessoas corriam para vê-lo, pois sua fama havia chegado ao lugar antes dele, e todos já sabiam de seus atos valentes. Todos gritavam:

— Aí vem o herói que matou Sínis; e Faia, a porca selvagem de Crômion; e derrotou Cércion na luta; e abateu o desapiedado Procrustes.

Mas Teseu seguia seu caminho com determinação e infelicidade, pois seu coração sentia falta de seu pai. Ele disse:

Teseu o empurrou para longe de si e ergueu sua temível maça

— Como o livrarei destas sanguessugas que libam seu sangue?

Assim, subiu as divinas escadas e entrou na Acrópole, onde ficava o palácio de Egeu. Entrou direto no salão do palácio, parou na soleira e olhou ao redor.

Lá viu seus primos sentados ao redor da mesa, bebendo vinho. Muitos filhos de Palas Atena, mas Egeu não se encontrava entre eles. Eles se sentavam e se banqueteavam, rindo e passando o cálice de vinho entre si, enquanto harpistas tocavam, escravas cantavam e acrobatas exibiam seus truques.

Os filhos de Palas Atena riam alto, e o cálice de vinho era passado com agilidade, mas Teseu franziu o cenho e sussurrou para si:

— Não é de se surpreender que este lugar esteja repleto de ladrões, enquanto são estas pessoas que reinam.

Então, os Palantides – filhos de Palas Atena – o viram e o chamaram, meio embriagados:

— Olá, alto forasteiro à porta. Qual é o seu desejo hoje?

— Venho pedir hospitalidade.

— Então receba-a, e seja bem-vindo. Parece um herói e um valente guerreiro, e gostamos de beber com gente do tipo.

— Não peço hospitalidade de vocês. Peço do rei Egeu, o mestre desta casa.

Alguns resmungaram, outros riram, gritando:

— É o seu dia de sorte! Todos somos mestres aqui.

— Então sou tão mestre quanto vocês — disse Teseu, caminhando pelo salão ao longo da mesa, procurando Egeu. Mas ele não estava lá.

Os filhos de Atenas o olharam e trocaram olhares entre si, cada um sussurrando ao homem ao seu lado:

— Que homem ousado, devemos expulsá-lo.

Mas cada um sussurrava em resposta:

— Seus ombros são largos, quem vai expulsá-lo?

E assim, todos ficaram sentados onde estavam.

Teseu então chamou os criados e disse:

— Digam ao rei Egeu, seu mestre, que Teseu de Trezena está aqui, e pede para ser seu hóspede por um tempo.

Um criado correu e informou Egeu, que estava em uma de suas salas dentro do palácio com Medeia, a feiticeira sombria. Quando Egeu ouviu de Trezena, ficou pálido, e então vermelho, e se levantou trêmulo de seu assento, enquanto Medeia o observava como uma cobra.

— O que Trezena significa para você? — ela perguntou.

Mas ele respondeu impulsivamente:

— Não sabe quem esse Teseu é? O herói que livrou a região de todos os monstros. Mas que veio de Trezena, isso eu não sabia. Devo ir e recebê-lo.

Então Egeu se dirigiu ao salão, e, quando Teseu o viu, seu coração saltou à boca: ele quis abraçá-lo e dar-lhe as boas-vindas. Mas se controlou, e disse a si mesmo:

— Talvez meu pai não me queira aqui, afinal. Vou testá-lo primeiro e descobrir.

Ele fez uma profunda reverência perante Egeu e disse:

— Livrei o reino de muitos monstros. Assim, venho pedir ao rei uma recompensa.

O velho Egeu o fitou, cheio de amor, como um coração feliz naturalmente o faria. Mas apenas suspirou e disse:

— Tenho muito pouco a oferecer, nobre rapaz, e nada que lhe seja digno. Pois certamente não é mortal, ou pelo menos não é filho de um mortal.

— Tudo o que peço — disse Teseu — é poder comer e beber à sua mesa.

— Isso eu posso providenciar — disse Egeu —, ou não sou o mestre de meu próprio salão.

Então, o rei ordenou que colocassem um assento à mesa para Teseu, e que colocassem diante dele o que houvesse de melhor no banquete. Teseu se sentou e comeu tanto que todos se impressionaram. Mas ele sempre manteve sua maça ao seu lado.

Mas a feiticeira sombria, Medeia, os observava o tempo todo. Havia visto como Egeu tinha ficado vermelho e pálido quando o rapaz dissera que era de Trezena. Havia visto, também, como seu coração se abrira para Teseu, e como Teseu se comportara perante os filhos de Palas Atena: como um leão em meio a um bando de cães. Ela disse a si mesma:

— Este jovem será o mestre aqui. Talvez já esteja mais próximo de Egeu do que imagina. Pelo menos os Palantides não teriam chance ao lado de um homem tal como ele.

Em seguida, ela retornou aos seus aposentos sem se fazer notar, enquanto Teseu comia e bebia. Todos os criados cochichavam:

— Então este é o homem que matou os monstros! Como tem aparência nobre, e como é grande! Ah, quem dera fosse filho de nosso mestre!

Mas Medeia interveio de imediato, coberta por todas as suas joias, em seu fino robe à moda do leste, parecendo mais bela que a luz do sol, para que nenhum convidado pudesse olhar para outra coisa. Em sua mão direita segurava um cálice de ouro, e na esquerda, uma jarra de ouro. Ela se aproximou de Teseu e falou, com uma voz doce, suave e atraente:

— Viva o herói, o conquistador, o invencível, o destruidor de tudo o que é maligno! Beba, herói, de meu cálice encantado, que fornece descanso a todo tormento, cura toda ferida e derrama vida nova nas veias. Beba de meu cálice, pois nele brilha o vinho do leste, e Nepente, o conforto dos Imortais.

Conforme falava, servia da jarra ao cálice, e o aroma do vinho se espalhou por todo o salão, como a fragrância de tomilho e rosas.

Teseu ergueu o olhar para o belo rosto da mulher e fitou seus olhos profundos e pretos. Enquanto olhava, se retraiu e teve calafrios, pois eram secos como os olhos de uma cobra. Ele se levantou e disse:

— O vinho é rico e fragrante, e a copeira é tão bela quanto os Imortais, mas permita que ela brinde a mim e beba primeiro do cálice, para que o vinho fique mais doce com o toque de seus lábios.

Medeia ficou pálida, e gaguejou:

— Perdoe-me, belo herói, mas estou doente, e não ouso beber vinho.

Teseu olhou de novo em seus olhos e bradou:

— Brinde a mim e beba, ou morrerá.

Ele levantou o cálice de ouro, enquanto os convidados assistiam à cena, horrorizados.

Medeia soltou um grito aterrorizante, jogou o cálice no chão e fugiu. E onde o vinho escorreu no piso de mármore, a pedra borbulhou, se desfez em pedaços e chiou, sob o poderoso veneno do conteúdo.

Mas Medeia chamou sua carruagem de dragões, subiu nela e fugiu pelos ares, para muito longe, sobre terra e mar. E ninguém a viu novamente.

Egeu disse:

— O que você fez?

Medeia gritou e jogou o cálice no chão

Mas Teseu apontou para o piso de pedra.

— Livrei este reino de um feitiço. Agora o livrarei de mais um.

Ele se aproximou de Egeu e puxou de seu peito a espada e as sandálias, e disse as palavras que sua mãe havia ordenado.

Egeu deu um passo para trás e olhou para o rapaz até que seus olhos ficaram turvos. Então, ele se jogou em seus braços e chorou, e Teseu também chorou em seu abraço, até não terem mais forças para chorar.

O rei se voltou a todo o povo e bradou:

— Contemplem meu filho, filho de Cécrope, um homem melhor do que foi seu pai.

Ninguém se enfureceu tal como os Palantides. Um deles bradou:

— Vamos receber um ninguém, um impostor, que vem sabe lá de onde?

— Se ele é um, nós somos mais de um, e os mais fortes vencem — disse outro.

Um gritava uma coisa, e outro gritava outra, pois estavam inflamados e descontrolados pelo vinho: mas todos pegaram suas espadas e lanças das paredes, onde as armas ficavam, e avançaram sobre Teseu, que avançou sobre eles.

Ele bradava:

— Vão em paz, se puderem, meus primos. Se não, seu sangue ficará à sua própria conta e risco.

Mas eles avançaram, pararam e o barraram, como cães param para latir quando acordam um leão de seu sono.

Mas um deles arremessou uma lança, da linha do fundo, que passou perto da cabeça de Teseu. Com isso, Teseu avançou, e a luta de fato começou. Lutaram vinte contra um, e ainda assim Teseu os venceu, e aqueles que restaram fugiram até a cidade, onde as pessoas os atacaram e os expulsaram, até que Teseu ficou sozinho no palácio, com Egeu, seu pai recém-encontrado. Mas antes que a noite caísse, a cidade toda subiu, com sacrifícios, dança e música. Ofereceram os sacrifícios a

Atena e regozijaram-se a noite toda, pois seu rei havia encontrado um filho nobre, e um herdeiro para sua casa real.

Assim, Teseu ficou com seu pai durante todo o inverno. Quando o equinócio de primavera se aproximava, todos os atenienses ficaram tristes e quietos. Teseu percebeu e perguntou a razão, mas ninguém quis responder.

Então, ele se dirigiu ao pai e lhe perguntou. Mas Egeu virou o rosto e chorou.

— Não me pergunte antes do tempo, meu filho, a respeito de males que devem ocorrer: já é o suficiente ter que enfrentá-los quando chegam.

Quando o equinócio de primavera chegou, um mensageiro chegou a Atenas, se posicionou no mercado e bradou:

— Ó, povo e rei de Atenas, onde está seu tributo anual?

Então, ouviu-se um grande lamento por toda a cidade. Mas Teseu enfrentou o mensageiro, dizendo:

— E quem é você, principiante, que ousa exigir tributos aqui? Se eu não respeitasse seus colegas mensageiros, arrebentaria sua cabeça com esta maça.

O mensageiro respondeu, orgulhoso, pois era um homem sério e ancião:

— Bom jovem, não sou principiante ou desavergonhado, mas cumpro as ordens de meu mestre, Minos, o rei de Creta, das cem cidades, o mais sábio de todos os reis da Terra. Deve ser um forasteiro aqui, ou saberia a razão de minha visita, e que venho por direito.

— Sou forasteiro aqui. Diga-me, então, por que vem?

— Para coletar o tributo que o rei Egeu prometeu a Minos, tendo confirmado a promessa com um juramento. Pois Minos conquistou toda esta terra, bem como Mégara, que fica ao leste, quando veio com uma enorme frota de navios, enraivecido pela morte de seu filho. Pois seu filho Androgeu havia vindo para os jogos Panatenaicos, e venceu todos os gregos nos esportes, para que o povo o venerasse como um herói. Mas quando Egeu viu seu talento, invejou-o e temeu que lhe pudesse tomar o trono, a não ser que se juntasse aos filhos de Atena. Então armou um plano para tirar-lhe a vida e o matou de modo desonesto, e ninguém sabe como ou onde. Alguns dizem que ele armou uma emboscada perto de Oinoi, no caminho que leva a Tebas. Outros dizem que foi enviado ao touro de Maratona, para que a fera o matasse. Mas Egeu diz que o jovem foi morto pelos outros jovens, por inveja, pois Androgeu havia derrotado todos nos jogos. Então Minos compareceu e vingou sua morte, e não partiria até que esta terra prometesse pagar-lhe um tributo: sete jovens e sete donzelas todos os anos, que devem me acompanhar em um barco de vela preta até Creta, de cem cidades.

Teseu rangeu os dentes e disse:

— Não fosse um mensageiro, eu o mataria, por dizer tais coisas ao meu pai. Mas eu irei até ele, e ouvirei a verdade.

Então, ele se dirigiu ao rei e lhe perguntou, mas ele virou o rosto e chorou, dizendo:

— Sangue foi derramado injustamente nesta terra, e com sangue se paga. Não parta meu coração com perguntas, já é o suficiente enfrentar em silêncio.

Teseu então reprimiu um resmungo e disse:

— Vou eu mesmo com esses jovens e donzelas, e matarei Minos em seu trono real.

Egeu gritou e suplicou:

— Não vá, meu filho, luz de minha velhice, o único a quem confio meu reino e meu povo após minha morte. Não vá, para sofrer uma morte terrível, tal como sofrem os jovens e donzelas, pois Minos os joga em um labirinto, que Dédalo construiu para ele entre as pedras. Dédalo, o renegado, o odioso, a peste desta sua terra nativa. Ninguém consegue escapar daquele labirinto, ficam confusos e presos em seus caminhos emaranhados antes que encontrem o Minotauro, o monstro que se alimenta de carne humana. Lá ele os devora de modo terrível, de maneira que nunca mais voltam a ver estas terras.

Teseu ficou vermelho, suas orelhas tiniam e seu coração batia alto no peito. Ficou parado por um tempo como uma alta coluna de pedra nos penhascos sobre o túmulo de algum herói. Por fim, falou:

— Sendo assim, estou ainda mais convencido de que devo partir com eles e matar essa fera odiosa. Não abati todos os malfeitores e monstros para que pudesse libertar esta terra? Onde estão Perifetes, Sínis, Cércion e Faia, a porca selvagem? Onde estão os cinquenta filhos de Palas Atena? E este Minotauro terá o mesmo destino de todos eles, e também o próprio Minos, se ousar me impedir.

— Mas como planeja matá-lo, meu filho? Pois deve deixar sua maça e armadura para trás e ser jogado ao monstro, indefeso e nu como o resto.

— E não há pedra no labirinto? Não tenho punhos e dentes? Precisei de minha maça para derrotar Cércion, o terror de todos os mortais? — respondeu Teseu.

Egeu então agarrou seus joelhos, mas Teseu não o ouvia. Por fim, deixou-o partir, chorando amargamente, e disse apenas:

— Prometa-me uma coisa, caso consiga retornar em paz, embora seja muito improvável: tire a vela preta do navio ao retornar – pois todos os dias estarei aguardando-o no promontório – e suba uma vela branca em seu lugar, para que eu saiba já de longe que volta em segurança.

Teseu prometeu e partiu para o mercado onde se encontrava o mensageiro, enquanto sorteava os jovens e as donzelas que partiriam naquela terrível expedição. O povo lamentava e chorava conforme um ou outro eram sorteados, mas Teseu marchou em meio a eles e bradou:

— Eis um jovem que não precisa ser sorteado. Eu mesmo serei um dos sete.

O mensageiro perguntou, surpreso:

— Bom jovem, sabe para onde vai?

— Sei. Vamos embarcar no navio de vela preta — respondeu Teseu.

Assim, desceram ao navio de vela preta sete donzelas e sete jovens, e Teseu à frente de todos, seguidos pelo povo aos lamentos. Mas Teseu sussurrou a seus companheiros:

— Tenham esperança, pois o monstro não é imortal. Onde estão Perifetes, Sínis, Círon e todos os que derrotei?

Então, o coração se acalmou um pouco, embora todos chorassem ao embarcar. Os penhascos do Sunião e todas as ilhas do mar Egeu ressoavam com as vozes em prantos conforme navegavam em direção à morte em Creta.

Assim desceram ao navio de vela preta

› terceira história › Teseu

PARTE TRÊS

Como Teseu abateu o Minotauro

Por fim, chegaram a Creta e ao Cnossos, sob os picos do monte Ida, e ao palácio do grande rei Minos, a quem o próprio Zeus ensinou as leis. Dessa forma, era o mais sábio de todos os reis mortais, e havia conquistado todas as ilhas do mar Egeu. Seus navios eram tão numerosos quanto gaivotas, e seu palácio se parecia com uma colina de mármore. Ele se sentava entre os pilares do salão, em seu trono de ouro batido, rodeado por estátuas falantes, feitas por Dédalo com suas habilidades. Pois Dédalo era o mais habilidoso entre os atenienses: inventou o sistema de aquedutos, a broca, a cola e muitas outras ferramentas com as quais se trabalha madeira. Foi o primeiro a colocar mastros nos navios, e seu filho fazia velas para eles. Mas Perdix, seu sobrinho, era ainda melhor, pois inventou a serra e seus dentes, copiando as espinhas de um peixe. Inventou, também, o cinzel, o compasso e a roda de oleiro para moldar argila. Logo, Dédalo o invejava, e o empurrou do templo de Atena. Mas a deusa teve pena, pois ama os sábios, e o transformou em uma perdiz, para sempre correndo pelas colinas. Dédalo fugiu para Creta, para Minos, e trabalhou para ele por muitos anos, até que cometeu um ato vergonhoso, que fez o sol esconder sua face.

Ele então fugiu da ira de Minos, junto com seu filho Ícaro, tendo feito asas de penas fixadas com cera. Assim ambos voaram sobre o mar, rumo à Sicília, mas Ícaro voou perto demais do sol, e a cera de suas asas derreteu, fazendo-o cair no mar Icáreo. Mas Dédalo chegou a salvo à Sicília, onde realizou muitas obras incríveis. Criou um reservatório para o rei Cócalo, a partir do qual fluía um grande rio que abastecia toda a região. Também construiu um castelo e um cofre em uma montanha, que os próprios gigantes não conseguiriam assaltar. Em Selinunte ele pegou o vapor que sai das erupções do monte Etna e o transformou em um banho quente de vapor, para curar as dores dos mortais. Fez também um favo de mel feito de ouro, no qual as abelhas guardavam seu mel. No Egito, fez o pátio do templo de Hefesto em Mênfis, e uma estátua de si mesmo dentro dele, entre outras muitas obras fantásticas. Para Minos, fez estátuas que falavam e se moviam, e o templo de Britomártis, e o salão de Ariadne, esculpido de belas pedras brancas. Na Sardenha, trabalhou para Iolau e em muitas outras terras ao redor, sempre vagando por todos os lugares com seu talento, mas detestado e odiado pelos homens.

Teseu estava à frente de Minos, e um encarou o outro. Minos ordenou que fossem presos e jogados ao monstro, um a um, para que a morte de Androgeu fosse vingada. Mas Teseu disse:

— Conceda-me uma gentileza, ó, Minos. Permita que eu seja jogado à fera primeiro. Pois vim com esse exato objetivo, por vontade própria, e não por ter sido sorteado.

— Quem é você, então, bravo jovem?

— Sou o filho daquele que mais odeia entre os homens, Egeu, rei de Atenas, e venho para terminar este assunto.

Minos ponderou por um tempo, olhando com firmeza para Teseu, e pensou:

O rapaz deseja pagar o pecado do pai com a própria morte.

Enfim, respondeu com calma:

— Retorne em paz, filho. Seria uma pena que alguém tão valente morresse.

— Jurei que não retornaria até que tivesse visto o monstro cara a cara — respondeu Teseu.

Minos franziu as sobrancelhas e disse:

— Então o verá. Levem este louco.

Teseu foi levado à prisão, junto com os outros jovens e donzelas.

Mas Ariadne, filha de Minos, o viu e saiu de seu salão de pedras brancas. Ela se apaixonou por sua coragem e magnificência, e disse:

— É uma pena que tal jovem tenha que morrer!

À noite, ela desceu ao calabouço, abriu seu coração a Teseu e disse:

— Fuja para o seu navio imediatamente, pois subornei os guardas dos portões. Fujam, você e seus amigos, e retornem em paz à Grécia. E leve-me contigo, leve-me junto! Pois não ouso ficar aqui após sua partida. Meu pai me matará de uma forma terrível se souber o que fiz.

Teseu ficou em silêncio por algum tempo, pois estava atônito e confuso pela beleza da princesa. Mas disse, enfim:

— Não posso retornar em paz até que tenha visto e abatido este Minotauro, vingado as mortes dos jovens e donzelas e posto um fim aos horrores de minha terra.

— E como matará o Minotauro? Como, então?

— Não sei, e não me importo: terá de ser muito forte para ser mais forte do que eu.

Então, ela se apaixonou ainda mais, e disse:

— Mas após tê-lo matado, como encontrará a saída do labirinto?

— Não sei, e não me importo: mas terá de ser um caminho muito estranho para que não consiga encontrar a saída antes mesmo de ter devorado a carcaça do monstro.

Ela se apaixonou ainda mais, e disse:

— Belo jovem, você é ousado demais. Mas posso ajudá-lo, mesmo sendo fraca. Te darei uma espada, e talvez com ela você possa abater a fera. Também te darei um rolo de linha, e com ele talvez você consiga encontrar o caminho de volta. Apenas me prometa que, se escapar a salvo, me levará para a Grécia contigo, pois meu pai certamente me matará se souber o que fiz.

Teseu riu, dizendo:

— Não estou a salvo agora?

Escondeu a espada no peito e enrolou a linha em sua mão. Depois, jurou a Ariadne, de joelhos, beijando suas mãos e pés. Ela chorou por ele por muito tempo antes de partir. Teseu então se deitou e dormiu tranquilamente.

Quando anoiteceu, os guardas vieram e o levaram ao labirinto.

Ele desceu à tenebrosa cova, passando por caminhos sinuosos entre as rochas, sob cavernas, arcos, galerias, e sobre pilhas de pedras caídas. Virou à esquerda, à direita, e subiu e desceu, até sentir vertigem. Mas o tempo todo segurava a linha. Pois, ao entrar, havia amarrado o fio em uma pedra, deixando-o se desenrolar de sua mão conforme avançava. E durou até encontrar o Minotauro, em uma cratera entre dois penhascos negros.

Quando o viu, parou por um tempo, pois jamais havia visto criatura tão estranha. Seu corpo era de homem, mas sua cabeça era de um touro. Tinha dentes de leão, e com eles lacerava suas vítimas. Quando o monstro o viu, rugiu e baixou a cabeça, avançando sobre Teseu.

Mas Teseu desviou para o lado de forma graciosa e, enquanto a fera passava, cortou-a no joelho. Antes que pudesse fazer a volta no caminho estreito, Teseu a seguiu e a golpeou repetidamente pelas costas, até que o monstro fugiu gritando loucamente, pois jamais havia sido ferido antes. Teseu o perseguiu a toda velocidade, segurando a linha em sua mão esquerda.

Assim prosseguiu, caverna atrás de caverna, sob frisos sombrios de pedra reverberante, e por bosques rudes e margens de rios, ao longo do sopé do monte Ida, onde não há sol, e à beira da neve eterna, aonde foram eles, caçador e caça, enquanto as colinas ecoavam os gritos do monstro.

Finalmente, Teseu subiu com ele, onde estava deitado, arquejando, sobre uma placa de pedra em meio à neve. Agarrou a fera pelos chifres, forçou sua cabeça para trás e atravessou a espada afiada por sua garganta.

Então deu meia-volta e retornou, manco e exausto, sentido seu caminho de volta pelo fio de linha, até que chegou à entrada daquele lugar tenebroso. Esperando por ele, viu ninguém menos que Ariadne!

— Está terminado! — sussurrou Teseu, mostrando-lhe a espada.

Ela colocou o dedo sobre seus lábios e o levou para fora da prisão. Abriu os portões e libertou todos os prisioneiros enquanto os guardas dormiam profundamente, pois os havia silenciado com vinho.

Assim, fugiram juntos para o navio, embarcaram em um salto e ergueram as velas. A noite era escura ao seu redor, de forma que passaram pela frota de Minos e escaparam em segurança até Naxos. Lá Ariadne e Teseu se casaram.

› terceira história › Teseu

PARTE QUATRO

Como Teseu foi abatido pelo orgulho

Contudo, a bela Ariadne jamais foi a Atenas com o marido. Alguns dizem que Teseu a deixou dormindo em Naxos, em meios às Cíclades, e que o bebedor de vinho, Dioniso, encontrou-a e acolheu-a no céu, como algum dia verão retratado em uma pintura do velho Ticiano – uma das mais gloriosas obras de arte na Terra. Alguns dizem que Dioniso expulsou Teseu e tomou Ariadne para si à força: mas como quer que tenha sido, por impulso ou por pesar, Teseu se esqueceu de erguer a vela branca. Egeu, seu pai, se sentava e observava o Sunião dia após dia, forçando seus velhos olhos até o horizonte em busca de um relance do navio a distância. Quando avistou a vela preta, e não a branca, tomou Teseu como morto, e em seu pesar se jogou ao mar, e à morte. Assim, chama-se mar Egeu até hoje.

Agora Teseu havia se tornado rei de Atenas, e a protegeu e a governou bem.

Ele matou o touro de Maratona, que por sua vez havia matado Androgeu, o filho do rei Minos. Também afastou as famosas Amazonas, as guerreiras do leste, quando vieram da Ásia e conquistaram toda a Hélade, invadindo a própria Atenas. Mas Teseu as impediu de avançar ali mesmo, e as derrotou, tomando Hipólita como sua esposa. Então, partiu em batalha contra os lápitas e seu famoso rei Pirítoo: mas quando os dois heróis se encontraram cara a cara, se afeiçoaram um ao outro, abraçaram-se e se tornaram bons amigos, de forma que a amizade de Teseu e Pirítoo é um provérbio até hoje. Ele também reuniu – dizem os atenienses – todas a regiões em uma só, tornando-a um único povo forte, ao passo que antes eram todos divididos e fracos. E muitas outras medidas sábias ele tomou, de forma que seu povo o venerava após sua morte, por centenas de anos, como o pai de sua liberdade e de suas leis. Seiscentos anos após a sua morte, na famosa batalha de Maratona, homens diziam ter visto o fantasma de Teseu, com sua imponente maça de bronze, lutando na vanguarda da batalha contra os invasores persas, pelo país que amava. Vinte anos mais tarde, seus ossos (dizem) foram encontrados em Siro, uma ilha além do mar, e eram maiores que os de um mortal. Assim, os atenienses os repatriaram em triunfo, e todo o povo veio recebê-lo e dar-lhe as boas-vindas. Construíram um nobre templo sobre a ossada e o adornaram com esculturas e pinturas que contavam os nobres feitos de Teseu, dos centauros, dos lápitas e das amazonas. E as ruínas do templo perduram até hoje.

Mas por que encontraram seus ossos em Siro? Por que não morreu em paz em Atenas, descansando ao lado de seu pai? Porque, após seu triunfo, ele ficou orgulhoso e violou as leis dos deuses e dos homens. De tudo o que fez, uma coisa foi pior, o que o levou ao túmulo em sofrimento. Pois desceu – dizem, sob a terra – com aquele seu amigo corajoso, Pirítoo, para ajudá-lo a sequestrar Perséfone, a rainha do submundo. Mas Pirítoo foi morto de forma terrível nos sombrios reinos de fogo do submundo. Teseu foi acorrentado a uma pedra em sofrimento eterno. Lá ficou por anos, até que o poderoso Hércules o libertou de suas correntes e o trouxe à luz novamente.

Mas quando retornou, seu povo o havia esquecido, e Castor e Pólux, filhos do Cisne maravilhoso, invadiram sua terra e sequestraram e escravizaram sua mãe, Etra, vingando-se por uma injustiça severa.

Assim, a bela terra de Atenas havia sido perdida, e outro rei a governava, de forma que Teseu foi expulso e humilhado, e fugiu atravessando o mar até Siro. Lá ele viveu em amargura, na casa do rei Licomedes, até que este o matou por traição, sendo esse o fim de suas obras.

E ainda é assim, minhas crianças, e assim será até o fim. Para os antigos gregos, e para nós também, toda a força e virtude vem de Deus. Mas se os homens ficam orgulhosos e teimosos, e utilizam mal os belos dons de Deus, Ele os deixa seguir seus próprios caminhos até a decadência miserável, de modo que a glória seja apenas Ele. Que Deus nos acuda, nos dê sabedoria e coragem para realizar atos nobres! Mas que Deus mantenha afastado de nós o orgulho quando os realizarmos, para que não nos arruinemos, caindo em humilhação!

CAMPANHA

Há um grande número de pessoas vivendo com HIV e hepatites virais que não se trata. Gratuito e sigiloso, fazer o teste de HIV e hepatite é mais rápido do que ler um livro.

FAÇA O TESTE. NÃO FIQUE NA DÚVIDA!

ESTA OBRA FOI IMPRESSA
EM ABRIL DE 2023